酔眼耄碌翁《すいがんもうろくおう》のたわごと

轡田隆史
Takafumi Kutsuwada

出版芸術社

戦争が廊下の奥に立つてゐた

俳人　渡邊白泉

酔眼耄碌翁のたわごと

題字　信濃八太郎

はじめに

萩原朔太郎《はぎわらさくたろう》の詠める「かなしい人類の歴史を語る猫のかげ」が広がっている。

歴史はくり返す、と人はいうけれど、くり返すのは歴史ではなくて人間そのものなのではなかろうか。

二十一世紀を生きるわたしたちは、くり返してはならない方向にヨロヨロと進みはじめているように思える。そうした「危機感」をいま、多くの人が抱いているのではないだろうか。どうも危なっかしいな、という不安にせかされていると、幼いころの記憶や、世界のあちこちの流血の現場を、ときには絶望的な想いを抱きながらさまよった記憶までが、風のように吹きよせてくる。

先の「昭和」の戦争で、日本はもう惨めな敗北に終わろうとしているのに「勝利は間違いなし！」と叫んだ老人の姿までが、脳裏にいきいきとよみがえってくる。

その愚かさは、幼かったぼくにも滑稽に思えてならなかったけれど、そういう自分もすでに「酔眼耄碌翁《すいがんもうろくおう》」と戯れに自称するようになっている。しかし、ああいう「愚かな老人」にはなりたくない、という願いはいよいよ鮮烈であるつもりだ。

何ごとにも、「なぜだろう?」という疑問を自問自答するようにぶつけてみると、それまでとは異なった世界が開けてくることも体験してきた。過去が、現在や未来の問題として眼前に浮かびあがってくる。

「なぜだろう?」「なぜそうなるのか?」という問いを呪文のように自分にいいきかせながら、日本、アジア諸国、中東、ヨーロッパ、アメリカなどの「現場」を、みなさんといっしょに巡ってみようという試みこそが、本書のネライなのだ。

本扉の裏に掲げた「戦争が廊下の奥に立ってゐた」の句は、昭和初期に俳句の伝統に束縛されない「新興俳句」を推進した俳人、渡邊白泉(一九一三〜六九)の昭和十四(一九三九)年の作品である。俳人は、翌十五年、思想、表現の自由などを認めない「治安維持法」によって逮捕され執筆を禁じられた。(中村裕『疾走する俳句　白泉句集を読む』春陽堂)

その翌年、あの戦争になった。

いまも「廊下の奥」には、何ものかが、音もなくひっそりと立っているかも知れない。

なお冒頭の萩原朔太郎の詩の一節については、本文と「おわりに」で紹介したい。

目次

表紙絵・扉絵　信濃八太郎
装　丁　　　　斉藤よしのぶ

第一章　都合よく利用される言葉「武士道」

W杯と「武士道」

「日本中、会社ばかりだから、飲み屋の話も人事のことばかり」と詠んで、詩壇最高の「歴程賞」に輝いた詩人がいた。

この詩にならっていうならば、二〇一八年のある時期は、飲み屋の話題もサッカー・ワールド・カップ（W杯）ロシア大会ばかりだった気がするけれど、それもこれも、はや過去の騒ぎとして忘却の霧の彼方に遠ざかってゆく。

しかし、記憶をたどって印象的な場面について、「なぜか？」を言葉にして自分自身に問いかけてみると、決して古びることのない世界がみえてくるはずである。

日本代表の闘い方の中で最も議論になったのは、予選リーグ最後の対ポーランド戦でみせた日本チームの「時間稼ぎ」だ。外国のメディアもファンも論じたくらいだから。

同点に追いつこうとしなくてもいい。イエローカードをもらう恐れのあるファウルは避けろ。それまでベンチにいた守備の重鎮である長谷部選手を登場させたのが、西野監督のメッセージだ。長谷部はジェスチャーも交えて、選手たちにそれを伝えていった。

「なぜ？」そうしたのかといえば、他会場で闘っている同じグループのセネガルとは勝敗も得失点も差はなし。イエローカードの数で示す「フェアプレー・ポイント」が日本は「2」少ないだけ。セネガルが勝てば、日本はオシマイ。引き分ければ、その「2」差によって日本が決勝トーナメントに進出することになる。

日本は、攻撃の動きをまったく放棄して、ただボールをうしろの方で回すだけに終始し、試合終了を待った。ポーランド側もそれを黙認したらしく、ボールを奪いにこなかった。スタンドからは非難のブーイングの声が飛んだ。

結局はセネガルが敗れて、日本はポーランドに敗北しながらも、難なくトーナメント進出を決めた。


あまりにもあからさまな「時間稼ぎ」は、イギリスをはじめ世界的な注目を浴びた。いつもフェアな日本が好きだったのに、これで嫌いになった、とロシアの新聞は書いた。

サッカーの基本的なルールは二十条にも満たない簡単さだが、もちろん「時間稼ぎ」については、ただ一人、手を使えるゴール・キーパーのボールの保持しすぎを例外として、「いけない」というルールはない。

あとになって、あの戦術についてさかんに議論されていた中に、「武士道精神からいってもおかしいじゃん!」と、古風な意見を唱える若者がいたので、「ヘエ!」と思った。

しかし考えてみれば、日本刀に魅了されて「刀剣女子」と呼ばれる若い女性たちがいるほどだから、まあ不思議はないのかも知れないけれど。海外でも「武士道」はどこへ行った？という声があがった。

あの行為はルール上の問題ではなく、フェアかどうか、という精神のモンダイだから、「武士道」が登場してもおかしくはない。「フェアじゃない」イコール「武士道精神に背く行為」というわけだ。「なぜ？」その意見が興味深かったかといえば、「昭和」の軍国主義時代に喧伝《けんでん》された「武士道・神話」はいまなお健在なんだ、と思ったからである。

W杯の始まったころ出版された神戸大学名誉教授、高橋昌明《たかはしまさあき》著『武士の日本史』（岩波新書）などによれば、源平合戦の時代に始まる日本の武道では、相手をだましたり偽ったりしても「勝つ」ことが大事、とされてきたらしい。

そういえば古典文学の傑作『平家物語』を読んでいたら、相手をだまして、そのスキに首を取る場面が「手柄」のように記述されているので驚いた記憶がある。

中世文学の専門家、青山学院大学教授の佐伯真一《さえきしんいち》さんの著書『戦場の精神史　武士道という幻影』（ＮＨＫブックス）は、第3回角川財団学芸賞を受賞した「画期的武士論」なのだが、その帯には大きく「サムライは嘘つきだ」とある。

そこに、この話がくわしく紹介されている。武士の名前をあげるとわずらわしいから省略して語ってみると……。

源平合戦の勝敗はすでにつきかけて平家は敗北しかかっていた。だが平家の侍大将Aがまだ頑張っているところへ、源氏の武士Bがやって来て取っ組み合いになる。

Aの方が強くてBを組み伏せてしまう。すると下になったBが「私の首を取っても、平家はもう敗れているのだから、何の恩賞も出ませんよ。それより、私を助けてくれれば、私が頼朝殿に申しあげて、あなたたちを助けられるようにしてあげますよ」という。

平家のAは、それもそうだなと考えて、組み伏せを解いた。二人して一息入れているうちに、Bはいきなり襲いかかってAの首を取ってしまう。

どうみたって源氏の武士のダマシ討ちだけれど、「平家物語」の戦記物には、この手のものが多いらしい。

佐伯さんの著書によると、「武士道」という言葉が使われはじめたのは、おおよそ戦国時代後半ないし末期ごろで、その後もさして使われたわけではなく、爆発的に流行するのは明治三十年以降と思われるそうだ。

語る人によって、どうにでも変化できるのが「武士道」というわけらしい。

吉川英治の小説や中村（萬屋《よろずや》）錦之助の映画でおなじみの剣豪・宮本武蔵は、下関の巌流島での佐々木小次郎との決闘で、約束の刻限に大遅刻をした。そのせいでいらだった小次郎はまず精神で敗れ、舟の櫂で殴り殺されてしまう。

どんな手を用いても「勝つ」ことこそ「武士道」の本質なのだと知れば納得がいく。

明治になって武士が消えたころ、英文の『武士道』(Bushido, the spirit of Japan)という書物がアメリカで刊行され、日本でも翻訳された。

農業経済学者、教育者であり、国際連盟事務局次長として、あのころの日本人としては珍しく国際的に活躍した新渡戸稲造《にとべいなぞう》(一八六二〜一九三三)の著作である。

この本が世界で評判になって、「武士道」はフェアな精神と行動の象徴となった。「なぜ?」新渡戸はこの書物を著したのだろう。西洋ではキリスト教が道徳の基準となっている。日本でそれに匹敵するのは「武士道」だ。この国際人はそう考えた。

「サムライにとって裏取引や不正な行ないほどいまわしいものはない」

「勇気は、義によって発動されるのでなければ徳行の中に数えられる価値はない」

その後、日本が軍国主義に走り、戦争の時代になると、戦争指導者たちはしきりに「日本には武士道あり」と叫んだ。しかしそれはもはや、国民を戦争に駆り立てるために利用したコジツケでしかなかった。

事実、太平洋戦争で軍部がさかんに利用した「武士道と云うは死ぬ事と見つけたり」は、『葉隠《はがくれ》』本来の趣旨を無視して自分たちに都合のよい一節だけを摘まみ食いしただけのもの。これでは「作者」の佐賀鍋島《なべしま》藩士・山本常朝《やまもとつねとも》も浮かばれまい。

とはいえ「武士道」には素晴らしいところもあり、この言葉には郷愁を呼び覚ます悲壮な美しさも感じられるから、すべてを否定するつもりはもちろんない。だから日本代表の「時間稼ぎ」は、「武士道に背く」ともいえるし、「あれぞ武士道の真骨頂」ともいえるのだ。

というように考えていけば、最新のプロ・サッカーだって「昭和」の影を引きずっていることがわかってくる。「なぜだろう?」という問いが引き出せる宝庫であることにも気がつくだろう。

そもそもサッカーというスポーツは、ゴール・キーパーは別として、「なぜ?」手を使えないのか? サッカーとは、ものを足で蹴るという人間の根源的な動作が基本になり、瞬間的には格闘という原始的な行為と、華麗なパス・ワークが混在するスポーツなのだ。

その上に、さらに時代の影が投げかけられているのである。

ここで幼い自慢話で恐縮だが、不肖《ふしょう》、このぼくだって、「縄文時代」のサッカーとはいえ、高校時代には全国優勝を二度遂げ、大学時代はJリーグ創設者の川淵三郎たちと早稲田サッカーの黄金時代を築き、東日本選抜チームに選ばれ、鈍足のせいで実現はしなかったけれども、「日本代表」級！　といわれたものさ（笑）。

代表の監督、西野朗は早稲田サッカーの後輩、日本サッカー協会の田嶋幸三会長は浦和南高校出身の浦和仲間、Jリーグの村井満チェアマンは浦和高校サッカー部の後輩という間柄なのである。

いうまでもなく、全員、「昭和」生まれである。「昭和」の「空気」を吸って成長し、「昭和のサッカー」をしてきた人たちばかりなのだ。これに対して日本代表の選手は、いまや大半が「平成」生まれである。

ぼくはあの「時間稼ぎ」をみながら「昭和のサッカー」を思い出していた。

「日本サッカー」の世界デビューは昭和十一（一九三六）年のベルリン・オリンピックだが、戦後の「昭和」のサッカーは、物資不足の耐乏生活の中に始まった。

「時間稼ぎ」の方法だってそうだった。ぼくらの時代には、たとえば一点差で勝っている場合の「時間稼ぎ」は、ボールをできるだけ遠くへ蹴り出すことだった。

「なぜ？」ならば、「高度経済成長」以前では、まだ物資が乏しく、用意してあるボールも

昭和26（1951）年秋　広島国体優勝の浦和高サッカー部
前列左端が筆者「クツワダ選手」

少なかったから、遠くへ蹴り出し、拾いにいく時間を長びかせて時間を稼ごうとしたものだ。「平成のサッカー」のように、ボールがタッチ・ラインを出ても、ホイホイとほかのボールが補給されるわけではなかった。

一九九三年プロ・サッカー・Jリーグの開幕戦を国立競技場で観戦したとき印象に残ったのは、プレーの内容はもちろんだが、ボールがタッチラインを出ると、新しいほかのボールが、いくらでも、まるで無限に用意されているかのように出てくることだった。

もっと古い昭和二十年代の中学校時代ともなると、練習のときは、自転車のパンク直しの道具一式が必要だった。なぜか？　ボールの革がすり減っていて、すぐにパンクするからだ。すると、自転車のパンク修理よろしくチューブを引っ張り出してバケツの水につけ、穴をみつける。軽石でこすってゴムの切れ端をゴム糊で貼りつける。そこでようやく練習再開である。とても「時間稼ぎ」どころではなかった。

太平洋戦争の影が微妙に尾を引く、そんな「昭和のサッカー」を思い出しながら、「平成」の「時間稼ぎ」を眺めていた。

このように、サッカーについてだって、「なぜ？」をキーワードにして考えてゆけば、てんでカンケイなんかなさそうな、「武士道」問題にまで議論も興味も広がっていくのである。

◆

新渡戸稲造『武士道』（三笠書房・知的生きかた文庫、岩波文庫）。
高橋昌明『武士の日本史』（岩波新書）
佐伯真一『戦場の精神史　武士道という幻影』（NHKブックス）。
『中桐雅夫詩集　会社の人事』（晶文社）

血に流れる民族の記憶

W杯の楽しみ方は人それぞれ。ぼくの場合は試合もさることながら、各チームが背負っている国の歴史や成り立ちなども気になって仕方がなかった。

これまでのジャーナリスト生活で、いろいろな国を歩いてきたせいだろう。ことに中東などで「血の海」を踏んできた経験が、民族の問題など、さまざまなことを連想させる。ごく当たり前の、何でもない光景にも、激しく心を揺さぶられるのである。

たとえば試合前の国歌の斉唱である。キック・オフの前に両チームの選手たちが横一列に整列して国歌をうたう。テレビはその顔を一人ずつ紹介する。

肌の色を気にしたり話題にするのは、常識的にも原則的にもつつしむべきことと、十分に承知しているつもりだけれど、どうしてもみえてしまうのは肌の色だ。

決勝戦のフランス対クロアチア。フランスはアフリカ系の肌の色の黒い人が多く、みるからに多民族チームであったのに対し、クロアチアは単一民族チームにしかみえなかった。

この違いは、フランスはアフリカで植民地経営をしてきたことによるアフリカからの移民が多いせいだし、クロアチアの歴史に植民地支配の経験はないからだ。

植民地どころか、ざっと三十もの多民族が雑居するバルカン半島「モザイク地帯」で、クロアチアは独立のためにセルビアと血で血を洗う抗争をつづけてきた国だ。

「なぜ？」鬼気迫るような奮戦になるのかといえば、選手たちの血の中に、国の存続をかけて戦争をしてきた「民族の記憶」が流れているからだろう、とぼくは推測した。

次は国歌の斉唱だ。かつて日本代表について、うたっている様子がみえないのはケシカランと怒った政治家がいたけれど、うたう、うたわないは個人の自由じゃないか。観客としてスタンドにいるときぼくは小声でうたうけれど、みんなうたえ！　なんて命じるのは、余計なオセワだと思っている。

さてロシア大会で日本と対戦したベルギーは、うたっている選手と、うたわない選手が極端に分かれているようにみえた。

「なぜ？」だろうか。ベルギーの公用語はフランス語とオランダ語。しかしドイツ語圏もあるので、代表チームの監督は、練習では三カ国語で指揮し、試合本番は英語だけを使うそうだ。

ベルギーを列車で旅すれば、駅名の表記が変化してゆくので、とまどった人も多いはずだ。国歌もフランス語、オランダ語の両方があるので、中にはうたわない選手が出てくるのもありだろう。

国旗にしても、「なぜ?」と考えるべきことありだ。かつて日韓共同主催W杯のとき、札幌でイングランド対アルゼンチン戦を観戦していたら、周りの観客が「イギリスの国旗、ユニオンジャックがないなあ?」といぶかっていた。白地に赤い十字の旗がいくつも振られていたのに。あれこそが、イングランドの国旗なのに。

おなじみの国旗「ユニオンジャック」は、イングランドの聖ジョージ旗、スコットランドの聖アンドルー旗、アイルランドの聖パトリック旗を組み合わせたもの。

初歩的なことで恐縮だが、イギリスというのは、幕末に渡来したこの国の異人が「イングリッシュ（イングランド人）」だったため、それがなまった結果の、いわば日本語だ。

以後も便利だから「イギリス」と記すが、サッカー（ラグビーも）について語るときは「イングランド」だ。なぜならば、W杯にイギリスという代表チームは存在せず、イングランド、スコットランド、ウエールズ、北アイルランドは、それぞれ別の国として参加する特権を与えられているから。「サッカー（ラグビー）の母国」に対する敬意の表れである。

「グレートブリテンおよび北アイルランド連合王国」が、イギリスの正式名称。グレートブリテン島という大きな島に、イングランド・スコットランド・ウエールズの三つの「国」が同居し、隣のアイルランド島のほとんどは独立したアイルランド国が占めているが、その島の北東部に「北アイルランド」という限られた地域があって、ここはイギリスなのである。

北アイルランドは、イングランドによる過酷なアイルランド植民地支配の名残であり、その傷痕はいまも完全には癒えていない。

アイルランド人から、こんな話をきかされたことがある。

一九四一（昭和十六）年十二月十日、太平洋戦争開始の二日後、マレー沖でイギリス東洋艦隊の新鋭戦艦プリンス・オブ・ウエールズと巡洋艦レパルスが、日本海軍航空隊の攻撃で撃沈されたとき、アイルランド人たちは「バンザイ！」のデモ行進をしたという。

なぜならば、撃沈されたのはイングランドの戦艦だったから。

当時のイギリスの首相チャーチルは、その戦いについて、やがてノーベル文学賞に輝くことになる大作『第二次世界大戦』（佐藤亮一訳、河出文庫、全四巻）に次のように記している。

すべての戦争を通じて、私はこれ以上直接的な衝撃を受けたことはなかった。（中略）インド洋にも太平洋にも英米の主力艦は一隻もいなくなったのだ。この広大な海域にわたって日本が絶対の力を誇り、われわれは至るところで弱く、裸になってしまったのである。

北アイルランドの首都ベルファストにはいまだって、イングランド人地区とアイルランド人地区を区別する鉄条網や壁があちこちに設置されていて、日本人観光客を驚ろかせている。かつてロンドンにいたころ、ベルファストに行ってもイングランド人のパブには入らないようにしていた。アイルランド・テロリストによる爆弾テロの危険性があったからだ。早朝から深夜まで、時限爆弾の爆発音が響いていた。

アイルランド島はすべてアイルランド人のものだと主張して、植民地時代に入植したイングランド人を追い出そうとする非合法の武装組織ＩＲＡ（アイルランド共和軍）のテロ攻撃はロンドンにも及んだ。

ベルファストで「ＩＲＡ」系の集会があったとき取材に行った。北アイルランド居住のアイルランド人、アイルランド本国からやって来たアイルランド人の大群衆だった。そこで知りあったアイルランドの若い新聞記者に連れられて、集会から「帰国」するデモ隊といっしょに、アイルランドに「越境」して飲みにいった。

国境の道の両側の家々の屋根では、自動小銃を構えたイギリス兵がニラミをきかせていた。しかし、日本人のぼくも何のチェックもなく越境できた。

「ＩＲＡ」系のパブに案内されたら、壁には「毛沢東《もうたくとう》」や、日本の「神風特攻隊」の大きな写真が貼られているので驚いた。「カミカゼ」こそ「ＩＲＡ」が手本にすべき精神なのだ、と元気よく騒がれて、思わず「ウーム」とうなるしかなかった。

現在「ＩＲＡ」は武装闘争をやめて平穏になった。しかし、イギリス政府が進める「ＥＵ離脱」によって、状況にいささか怪しい変化が出ているらしい。

スコットランドと北アイルランドの世論調査では、「イギリス政府」と違って離脱に反対が多数だから、それぞれに独立運動が活発化するかも知れない。往年の、イギリス政府に対する「ＩＲＡ」の武装闘争は、潜在化しているだけかも知れないのである。「独立志向」に変わりはないのだから。

といった具合に、サッカーW杯をみることは、世界を見渡すことなのである。そうすれば楽しさも倍増すること間違いなし。

というより、そうしなければ、試合の予想も分析もできない。戦術、戦略には、それぞれの国の歴史や国民性が反映しているのだから。

◆

波多野裕造『物語　アイルランドの歴史』（中公新書）

Japanese only

W杯ロシア大会の試合開始前に整列した選手たちの顔を眺めながら、民族などさまざまなことを考えてきたけれど、中には、そんなこと試合とはカンケイないじゃん！　そんなこと知らなくたって、試合が面白ければそれでいいじゃん！　と思う人もいるだろう。

たしかにスポーツは、個人の才能、努力をはじめ、さまざまな要素が一つになって初めて実を結ぶものだ。とはいえ、これから先、民族にかかわる問題の比重が、さらに大きくなってゆくことは避けられない。

さて、前回大会で優勝し、今回も優勝候補の筆頭だったドイツが、格下の韓国に敗れて予選落ちした（残念ながら韓国も落ちたけれど、その奮戦ぶりには拍手を送りたい）。

ところで、大会の最中に、ドイツ・ミュンヘンで暮らす、わが永年にわたる親友、気鋭の文筆家、ドイツ国籍の真寿美《ますみ》・ムラキさんから長文のメールをもらった。

彼女は早大時代に、名画『野いちご』などで世界的に評価の高い演出家・映画監督のベルイマン（一九一八～二〇〇七）に憧れて「家出」をし、北欧などを転々としたのちミュンヘンに落ち着いた志高い「不良少女」である。

いまは亡き天才、詩人であり劇作家であり演出家であった寺山修司に、友人として若いころ英語を教えていた。その寺山について記した『五月の寺山修司』（河出書房新社）は素晴らしい。明治時代、東大で医学教育などにあたったドイツの内科医ベルツの日本人の夫人「花」の伝記『「花・ベルツ」への旅』（講談社）をはじめ、たくさんの著作がある。

チェコと日本の親善に尽くした功績により、いまは亡きハベル大統領から勲章を贈られた人だ。ハベルは、劇作家出身で、民主化されたチェコ最初の大統領。世界の大統領の中で最も知的と評価された人物である。

こうした経歴でも明らかなように、真寿美・ムラキさんは、民族の問題などに鋭い見識をもった才女である。

メールで彼女は、きわめて明確に「わたしはドイツ・チームについて、はじめから期待していませんでした」と語っている。「だから敗れて当然です」と。

「なぜ？」そう考えたのか。いかにも彼女らしく、知的にはっきりとこう断言するのである。

「ドイツ代表のエース、W杯三回目のメスト・エジル選手、イルカイ・キュンドアン選手の二人はトルコ系ドイツ人です。この二選手と、ドイツ国内で〈トルコのヒトラー〉と非難されているトルコ大統領エルドアンとの関係が問題なんです」

この二選手はロンドンのイベントで、エルドアン大統領と笑顔で並ぶ写真を撮っている。この大統領は、二〇一六年のクーデター未遂事件直後から二年つづいた非常事態宣言の下、独裁的な権力をふるって批判勢力を弾圧し、メディアをも抑圧して、記者を逮捕したり報道機関を閉鎖させたりしたことにより、ドイツ国内でも激しい批判を浴びている人物である。

エジル選手たちがこの大統領と笑顔で握手している姿がエルドアンが再選をねらう大統領選挙前に公表され、ドイツの政治家たちからも「この選手は民主主義を尊重する気持ちがないのか」などと厳しい批判が浴びせられていた。

写真は選手自身の意思だったのか、人気回復をねらうエルドアン大統領の策謀だったのかはわからないが、これでドイツ代表チームに心理的なヒビ割れが生じたのは確かだ。

真寿美・ムラキさんはこうした状況を鋭く見抜いていたわけだが、もちろん日本などドイツ以外の国々のメディアは「優勝候補の筆頭」にあげていた。

エジル選手は大会閉幕の一週間後にドイツ代表からの引退を表明した。「敗北の責任を押しつけられて、勝てばドイツ人だが、負ければトルコ人だ」と怒りをこめて語り、ドイツ国内の反応は民族差別的だ、というわけだ。

真寿美・ムラキさんもまた、エルドアン大統領を厳しく批判しながらも、「大きな悩みがあるんですよ。なぜならば……」と、こう語ってくれた。「エルドアン大統領の非民主的姿勢は許せないけれど、トルコ系選手たちを批判しすぎれば、民族差別的になりかねない。それが大きな悩みなんですよ」。

民族問題なんか、W杯を楽しむのに何のカンケイもない？　いやいや民族問題は、時に素晴らしい活躍のエネルギー源にもなるし、時に敗北をもたらす原因にもなるのである。

「なぜ？」ドイツは民族問題に敏感なのか。もちろんヒトラーのナチス・ドイツによる第二次世界大戦（一九三九～四五）時の「ユダヤ人大虐殺」の引け目があるからだ。「なぜ？」国内にトルコ人が多いのか。それをはるかに遡る第一次世界大戦（一九一四～一八）で、ドイツはオスマン・トルコ帝国と同盟を組んで、イギリス、フランスなどと戦ったからだ。

トルコ系の人びとが国内に多いから、トルコ本国そのものの政治状況の影響の及ぶことが懸念されているのである。サッカーW杯をほんとうに楽しむためには、第二次世界大戦どころか第一次世界大戦までの歴史を遡って考えなければならないのである。

アメリカでヨーロッパで、難民・移民問題は今後いよいよ難しさを増す。多民族的色彩を濃くしてゆく国が増える。日本も例外ではない。しかも民族問題は、意識しすぎれば差別を誘発しかねないし、無視していれば差別の存在そのものに目をつむることになる。

しばらく前に日本代表の一人がテレビに出ていて、「日韓戦になると韓国選手のファイトが凄いのはなぜでしょう?」と尋ねられたら、「キムチを食べているから」と答えていたのには思わず笑った。ぼくもキムチは大好きで、たしかに元気は出るが、韓国選手のファイトはやはり、日本に植民地支配された民族の記憶のせいだろう。

昨今、あのファイトにいささか陰りが感じられるのは、昭和二十年までつづいた、日本による植民地時代を知らない世代が多くなっているせいかも知れない。

しばらく前、埼玉県営さいたまスタジアムのJリーグ戦で、「Japanese only」という垂れ幕が掲げられ「民族差別」と厳しく批判された事件があった。あきらかに「在日」の選手にむけられたイヤガラセだった。ゆえなき民族的差別は、いまも日本国民の心の奥に潜伏していて、何かのおりに噴出するのである。それが、わがサイタマで起きるとは情けない!

しかし、正直に告白するなら、ぼくにそれを批判する資格はない。

「なぜ?」ならば、昨今の「ヘイト・スピーチ・デモ」を「観察」しに行ったとき、彼らが

「在日」の韓国・朝鮮人や中国人に向かって吐く、聞くに耐えないような言葉に慄然としながらも、東京で暮らしていた十歳にもならない幼いころを思い出すからである。

学校に行く途中に「在日」の人が多く生活している地域があった。いまふり返って考えてみても、クツワダ少年は明らかにそこを「差別的意識」で眺めていた。悪口を吐いたり石を投げるようなことこそしなかったが、なぜかそこを通るときは、何かを避けるように早足になったことを鮮明に記憶している。

「なぜ?」だろうか?　いったい何を避けていたのだろうか?

そのころ、内務省の命令で家の近所は「隣組」という名の組織に統一されて、「在日」の人はいなかった。隣家のオバサンが組長で、その威張っている態度に、幼いぼくは密かに怖さと嫌悪感を抱いていた。オフクロは新聞記者の妻であったせいか、ちと自由気ままな生き方をする人だったので、たとえば「パーマネント」をかけていたりしないかなど、監視しているようにぼくにはみえていたのだ。

やがて太平洋戦争が始まった。その翌年の春、国中が「連戦連勝」の報道に沸く、まさにそのとき初空襲がやって来た。

初めての空襲

八十二歳のいま、「酔眼耄碌翁《すいがんもうろくおう》」を自称して駄弁を弄しているが、一般に若者は老人の昔話にウンザリすることが多い。いままさに、そういう状況に陥りつつあるわけだが、ウンザリしながらも、耳にしておいてトクする話もときにはあるのだ。ことあるごとに、「なぜ、こんなことが起きるのか？」と、自問自答するように努めていれば、つまらない過ちをくり返す「愚」が減るという「真理」が、昔語りには多く含まれているからだ。

ぼく自身、太平洋戦争についていうなら、ほんとうの意味での戦争体験はない。戦場に出たことはないし、空襲に直接襲われたこともない。食糧難でイモばかり食べていた「空腹」体験ぐらいのものだ。ずっとあとになって新聞特派員としてベトナム戦争を現地で取材したが、これは別の話だ。ただし、とても奇妙な「空襲経験」を東京でしている。

昭和十六（一九四一）年十二月八日、日本軍の真珠湾攻撃により太平洋戦争は始まった。イギリス東洋艦隊を壊滅させるなどの「連戦連勝」の報道で日本中が沸きたっていたころ、ぼくは東京・蒲田で暮らしていた。

年が明けて昭和十七（一九四二）年四月十八日、家の中にいたら外が騒がしいので出てみると、大人たちが空を指さしてワイワイいっている。「国民学校」（昭和十六年から二十二年まで、小学校はそう命名されていた）二年生のぼくも大人に倣って空を見上げる。雲の間に、編隊を組んだ飛行機が悠々と飛んでいた。濃緑色の双発機だ。

「アメ公の飛行機だ！」と、だれかが叫ぶうちに機影は遠く去っていった。アメリカ軍の飛行機だったら、空襲警報が鳴り高射砲が撃ちあげられるはずなのに、そんな様子はない。半信半疑の気分のまま、大人の騒ぎにつられて妙にはしゃいでいた記憶がある。

戦争をしているのに、何だかひどくノンビリとしていて、「一億火の玉」だとか「贅沢は敵だ」なんていう激語があちこちに貼られていても、子ども心にはピンと来なかった。どうやら大人もそうだったらしい。

この本の扉裏に掲げた「戦争が廊下の奥に立ってゐた」という句を思い出していただきたい。「立ってゐた」どころか、全速力で走りはじめていたというのに！

ところがこれは正真正銘の空襲だった。日本の太平洋岸に急速度で接近していたアメリカの航空母艦「ホーネット」と「エンタープライズ」から発艦した、陸軍のノースアメリカンNA40双発爆撃機B25だった。十六機のうち十二機が東京へ、一機が横須賀へ、二機が名古屋と四日市へ、一機が神戸へ侵入した。

このあたり、黒羽清隆《くろはきよたか》著『太平洋戦争の歴史』に大いに助けられながら書いている。感謝したい。

ぼくが蒲田でボンヤリ見上げていたのは、この十二機だった。

作家の吉村昭《よしむらあきら》さん（一九二七〜二〇〇六）も、中学三年生のとき、東京・日暮里でこの空襲をみて、こう書き残している。あらましを引用しよう。

その日は土曜日で、学校から早く帰って、屋根の上の物干し台で武者絵の六角凧をあげていた。爆音がしたのでみると、迷彩をほどこした見慣れぬ双発機が近づいてきた。驚くほどの超低空で、凧がからみはしないか心配になって糸をたぐった。凧の上を通過した機の胴体には星のマークがつき、機首と胴体に機銃が突き出ていた。オレンジ色のマフラーを首に巻いた二人の飛行士がみえた。

捕獲した中国機をデモンストレーションで飛ばしているのかと思った。外出していた兄は米軍機を目撃して交番に駆けこんだら、警官は激怒して「流言蜚語《りゅうげんひご》を飛ばすな、ブタ箱に投げこむぞ」と怒った。そのうちに空襲警報が鳴ったので釈放された。

吉村さんの、この『東京の戦争』はきわめて優れた記録文学で、あのころの日本人の心情がよくわかる。ぜひ読んでもらいたい。

その日の夕刊は、軍の発表を一面トップで報じた。

九機撃墜我方損害軽微　皇室は御安泰にわたらせらる

「九機撃墜」は真っ赤なウソだった。「帝都」である東京で、高射砲と陸海軍機十四機による迎撃をしても、侵入機を一機すら撃墜することはできなかった。

「九機撃墜」にしては、ぼくたちも空中戦らしいものはみなかった。しばらくして、「来襲」はあったが損害は軽微、と発表のし直しがあった。軍によるウソの発表は、開戦直後から行なわれていた。これぞ「ウソ」の「昭和」の始まりであった。

しかし、空襲で四十人近くが死に、東京では二人の少年が殺されている。一人は機銃掃射で腰を撃たれ、一人は焼夷弾《しょういだん》（またはその破片）が左肩から胸に貫通した。

後年ぼくは、臨場感たっぷりの『太平洋戦争の歴史』のここを読んでゾッとした。なぜ少年が二人も殺されたのか？

物干し台でノンビリ凧をあげていた「ヨシムラ少年」も、大人の騒ぎにつられていささかはしゃいでいた「クツワダ少年」も、うっかりしたらその二人になっていたかも知れない。

機銃掃射をしたアメリカ兵は、一夜にして下町を中心に十万人を殺した東京大空襲や、ヒロシマ・ナガサキの「無差別大量殺戮」への第一歩を記したことになる。

開戦直後の日本本土空襲は、彼らにとっても「危険」な行為だったとしてもだ。


日本はこの衝撃によって、アメリカ軍基地のある南太平洋のミッドウェー島を攻略する作戦を実行することになった。山本五十六司令長官率いる連合艦隊がこの海域に出撃。しかし、暗号は解読されていた。アメリカの急降下爆撃機の攻撃を受けて「赤城」など空母四隻を撃沈され、兵二千百五十五人、航空機二百八十五機を失う大惨敗となった。

対するアメリカ側の空母の損害は、ただ一隻にすぎなかった。

日本海軍の戦闘能力は、ここに事実上、消滅したに等しかった。だが陸・海軍共同の「大本営」発表は、敵空母二隻撃沈、わが方の損害空母一隻喪失、同一隻大破、といった「勝利」の内容だった（辻田《つじた》真佐憲《まさのり》著『大本営発表　改竄《かいざん》・隠蔽《いんぺい》・捏造《ねつぞう》の太平洋戦争』）。

もちろんぼくは戦後になって初めてこれを知ったのだけど、当時はこう教えられていた。

「日本人は黒目だから遠くがみえ、アメリカ人は青目だから遠くはみえない。だから海戦は日本のものだ！」と。レーダーなんて、名前も知らなかった。

開戦からほんの数カ月で軍はウソの発表をして国民をだまし、次いですぐに戦争遂行能力に致命的な打撃を受けた海戦の大敗北を「勝利」と偽って国民に知らせていた。

「なぜ?」そうなったのか? そして、戦争から七十年以上も過ぎ去ったいま、政府の発表はすべて真実を述べているのだろうか?

アメリカのトランプ大統領は、発言のウソを指摘されると、ツイッターで「私の発言はもう一つの事実だ」との「つぶやき」で反論している。日本国内だって、いましがた紹介した『大本営発表　改竄・隠蔽・捏造の太平洋戦争』という書名の「太平洋戦争」のところを「安倍政権・財務省」と置き換えればピッタリじゃないか。

「なぜ?」この国では、「昭和」から「平成」へ同じことがくり返されるのだろう?「平成」の次もまたそうなるのだろうか?

◆

辻田真佐憲『大本営発表　改竄・隠蔽、捏造の太平洋戦争』(幻冬舎新書)
黒田清隆『太平洋戦争の歴史』(講談社学術文庫)
吉村昭『東京の戦争』(ちくま文庫)

「日本の勝利間違いなし！」

八二歳のいま（二〇一八年）、ぼくは「酔眼耄碌翁《すいがんもうろくおう》」と自称している。

学生時代はサッカーのおかげでやらなかった酒だが、新聞記者としての初任地、盛岡で覚えてからこのかた、まあ飲みつづけである。ゆえに「酔眼」だ。

昭和天皇ご夫妻のヨーロッパ旅行（一九七一年九月、十月、七カ国訪問）は、ほとんど終始、行を共にして取材にあたった。昭和天皇の「トレード・マーク」となっていた「あっ、そう」という応答の声を間近に耳にしたとき、にわかによみがえったのは、あの昭和二十（一九四五）年八月十五日の「玉音放送」だった。

あのころ、食べ物はすべて配給だった。ところが、コメなんかは絶対に現れず、収穫の終わったあとの水田で耕作したサツマイモばかりが主食だった。半分は腐って異臭がしていた。だから、農家は別としてサラリーマン家庭はみんな、庭で野菜作りに一生懸命だった。わが家の狭い庭はトマトやトウモロコシの畑となり、屋根の上はカボチャだった。

快晴のあの日、トウモロコシやトマトの緑が生い茂っているわが家の狭い庭に、著名な狂言師など近所のみなさんが集まって、雑音だらけのラジオを囲んでいた。国民学校三年生のぼくもそこにいた。よく聞き取れなかったが、たぶん新聞記者だった父に説明されていたのだろう。子ども心にも、みなさんサバサバした気分になったようなのが読み取れた。

前年の夏休み明け、絵の宿題に風景画を描いて出したら、「美人」の女教師に「非国民め！」と怒鳴られて、往復ビンタを食らった。「なぜ？」風景画は「非国民」なのか？　みんな空中戦や海戦などの絵を描いているのに、戦争に協力するつもりのない怠け者め！　というわけだ。戦争の場面を描かなければ、子どもだって「非国民」扱いされたのだが、あのときの女の先生の目の、ネコのように鋭かったことをいまも覚えているのは、なぜだろう？　よほどませていたせいだろうか？

そもそも教科書だってザラ紙を何枚か折りたたんだだけのもので、授業より野菜作りの時間の方が多かった。

じつは、「玉音放送」よりもなまなましい「昭和」の体験が、「酔眼耄碌翁」になったいまでも記憶に鮮明に残っている。

「玉音放送」のしばらく前、どこかで撃墜されたアメリカの大型爆撃機Ｂ29の乗組員十人ほどが捕虜になり、近くの憲兵隊に連行されてきて、すぐそばの旧制・浦和高校のグラウンドで「見せ物」になったときのことだ。

目敏く、好奇心いっぱいのぼくが駆けつけると、強い陽射しの下、捕虜たちはうしろ手に縛られて地べたに座らされていた。大勢のヤジ馬が取り囲んで石を投げたりしていたが、さすがに憲兵に止められた。みんな革のジャンバーを着て、ふっくらと太って血色もいい。中に一人、金髪の女性がいた。するとヨレヨレの浴衣を着た老人が輪の中に出て叫んだ。

「みろ、アメ公はとうとう男の兵隊が足りなくなって、女まで狩り出してきた。これで日本の勝利は間違いなしだ！」

老人が声をふりしぼっているにもかかわらず、群衆はほとんど反応を示さずシンとしていた。なぜならば、捕虜たちの姿に比べて、われわれ日本国民の身なりの粗末なこと。みんな半分腐ったようなサツマイモが主食で、ほかに何もなく、栄養不良でやせ細っていた。着るものもない。ぼくなど上半身裸で、汚れたパンツをはいているだけ。しかも裸足だ。この体たらくで、「日本の勝利は間違いなしだ」もないもんだ。だれも口にこそ出さなかったけれど、ハラの中では思っていたに違いない。ただ重い沈黙があるだけだった。

ぼくの親父は新聞記者なのに、ほとんど会社に行かずに、庭での野菜作り、屋根でのカボチャ作りに汗をかいているばかり。「なぜ?」かといえば、どうやら出社して原稿を書いても、紙がないので紙面は小さく、ほとんど何も載らないかららしい。

のちに、ぼくが新聞記者になってから思ったことだけれど、当時、官邸、陸軍省、海軍省などの記者クラブに詰めていた大勢の記者たちが、みんなそろって「ウソ」の発表を鵜呑みにして信じていたはずはない。

「ミッドウェー海戦」のあと、海軍報道部の発表役であった平出英夫課長の威勢がよくない。記者たちがこれを見逃すはずはなく、厳しく追及した。すると課長はヒステリックに「そういうことにはかかわりなく、私のいうとおり書きたまえ」といってプイと部屋を出ていってしまったそうだ（前掲『大本営発表』）。

知ってはいても書けない。書いたって載せられない。載せれば即座に発売禁止は確実だし、発行停止になるかも知れない。

記者たちは、うっかりすると命を落とし、失明するかもしれない悪質のメチール・アルコールを、酒がわりに飲んでウサをはらしていた。あるときは机の上に山積みになっている原稿を床にたたき落として、火をつけてしまったこともあると、父はのちに語っていた。そして、みんなで小便をかけて消した、というのである。

「これで、日本の勝利は間違いなし」だなんて、あの爺さん、おかしいのかな？　幼いぼくだったけれど、停電で真っ暗な夜、ボンヤリそう考えていた。

狭い庭だったが、防空壕は二つあった。

一つは屋根付きだった。こちらには父の蔵書がしまわれていた。いまでも書庫のすみには、地下の湿気で傷んだ本が何冊か並んでいる。歌人、斎藤茂吉《さいとうもきち》の大作『柿本人麻呂』（岩波書店）などを、父が大切そうに抱えて仕舞う姿が、記憶の底に残っている。

もう一つの防空壕は、もう材木がなくなってしまったので、屋根なしのただの穴だ。空襲警報が鳴るとその中に飛び下りて、ヒザを抱えて座っていた。

空を見上げると、敵の大型爆撃機Ｂ29の銀色の編隊が悠々と飛んでいくのがよくみえた。ときどき、小さな日本の戦闘機が近づいていくが、すぐにキラキラと破片になって散ってしまうのだった。幼いぼくは、この穴の中でも「これで日本の勝利は間違いなし、なのだろうか？」と考えたりしていた。

いまこの文章を書いている書斎の真下あたりに、あの防空壕はあったはずだ。あの穴の中で考えた「？」を、穴の底に埋めこんで、忘れてしまうわけにはいかないと、あらためて念じている。

捕虜たちが座らせられていた旧制浦和高校の草ぼうぼうのグラウンドには、色あせたサッカーの木製のゴールが寂しく立っていたのを記憶している。学生たちは動員されて、あちこちの工場などで働かされていたから、校舎もグラウンドも無人だったのである。

いま、捕虜たちがいたあたりは、公園の噴水になっている。水滴が風で霧のようになって散る中を、子どもたちが歓声をあげて涼んでいる。ＪＲ駅に行くには必ず通るところ。そこには、ぼくの最も「昭和」らしい体験の記憶が刻印されているのだ。

夏になるたびに、にぎやかな蝉の鳴き声のはるか奥に、あの爺さんの、「日本の勝利間違いなし」という声が、遠くこだましているように感じられるのは、必ずしも「錯覚」ではないのかも知れない。

なぜならば、あの老人の言葉は、ぼくにとって大切な「座右の銘」になっているのだから。

◆

早乙女勝元『東京大空襲――昭和20年3月10日の記録――』（岩波新書）
荒井信一『空爆の歴史――終わらない大量虐殺』（同）

大統領死んだ　バンザイ！

アメリカ兵捕虜をみたのとほとんど時を置かない四月のことだ。小さな国民学校分校での授業中に、全員校庭に集まれといわれて、ぼくらハナたれ小僧たちは朝礼台の前に整列させられた。すると軍隊式のゲートルを足に巻いた丸坊主に不精ヒゲの校長先生が台の上から大声で叫んだ。

「米国のルーズベルト大統領が死んだ。これでわが国の勝利間違いなしだ。バンザーイ！」

何だかわけもわからないままにぼくたちはバンザイを三唱した！　七十年以上も昔のことなのに、その校長の顔は、いまも鮮明に記憶している。もはやあり得ないことだが、道ですれ違ったらわかるはずだ。

その校長が「八月十五日」をほんのちょっと過ぎたころ、突然訪ねてきたのでビックリした。なんと、「マルクスの本があったらお借りしたいのですが」と親父に頼みにきたのだ。父は、もっておりませんと断ったが、いったいどういうつもりなんだ？　と首をひねっていた。書棚の奥に、茶色に変色した「改造社」版の『資本論』があった。本文は「××××……」と、検閲で伏せ字だらけにされた、読むのがほとんど不可能な本だった。

それにしてもなぜわが家に来たのだろう？　いささか気味が悪かった。朝日新聞は軍ににらまれていたから、「あそこなら、と考えたんだろうな」。父はフンと笑っていた。

「日本の勝利は間違いなし」から、教科書のアメリカを鬼みたいに表現した部分の「墨ぬり」へ。さらに『資本論』へと、「三段跳び」的な「昭和」の転向だったわけだ。

さて「平成」には「三段跳び」的転向はなくなったのだろうか？

第32代アメリカ大統領セオドア・ルーズベルトは、日本時間でいえば昭和二十（一九四五）年四月十三日午前六時三十五分、ジョージア州の大統領山荘で脳出血のため死去した。享年六十三歳。

アメリカの通信社がホワイトハウスの正式発表を受けて世界に第一報を流したのは、日本時間十三日午前七時四十七分だった。外国放送を常に傍受している日本放送協会（ＮＨＫ）がすぐにキャッチして国内に流した。新聞のニュースは、中立国、たとえばポルトガルなどを経由して日本に届けられた。

さあ、ぼくらが「日本の勝利間違いなし」とバンザイしたのは、その流れのどのあたりのことだったかわからないけれど、四月十四日の「朝日新聞」は一面に三段扱いで「ローズベルト急死」を、新大統領トルーマンの「戦争遂行に全力」という声明を二段で載せている。「日本の勝利間違いなし」どころか、副大統領トルーマンが新大統領に就任するまでの空白時間は、わずか二時間三十四分にすぎなかった。

その一週間前に就任したばかりの鈴木貫太郎・首相は、当時の日本を代表する同盟通信社（敗戦後すぐに解体されて共同、時事の両通信社となった）を通じてアメリカ国民に対する「深甚なる弔意」を発信した。

「大統領の死去を心からおくやみします」と。

鈴木貫太郎は海軍出身で、「徹底抗戦」を主張する陸軍を抑えたいと願う昭和天皇に信頼されていた。

この「弔意」の表明は、欧米でも「武士道精神」の表れと評価されたという。朝日新聞の社説も、きわめて慎重な口調ながら、そこはかとない「武士道精神」を漂わせている。

そんな鈴木首相の態度に、ドイツ軍と日本陸軍の幹部はカンカンに怒った。陸軍将校が首相官邸に押しかけたが、首相は、「死んだ敵将に敬意をささげるのは、日本古来の武士道である。軍人たる諸君が武士道を否定してどうなる」と応じて一歩も引かなかった。

そのころ、「武士道」は、軍国主義の嵐の中で、実際の歴史的事実よりも、フェアで正義の精神へと美化されて国の内外で信じられていたことは、「W杯と武士道」の項で述べたとおりである。「弔意の表明」は、その「美しい」部分の表れだった。

以上は、元共同通信社論説副委員長の仲晃《なかあきら》さんの傑作『アメリカ大統領が死んだ日――一九四五年春、ローズベルト』（岩波現代文庫）に全面的に助けられて書いている。これは、記憶にとどめるべきことがたっぷり盛られている凄い本だ。

しかしすべては虚しく、新大統領トルーマンは就任式のすぐあと、軍の最高幹部から「新型爆弾」について知らされ、やがて広島と長崎への原子爆弾投下に同意するのだ。

もちろん、当時のぼくは何も知らなかったけれど、敗戦になってから民主主義というものを学ぶにつれて、あの老人や校長のような人間にはなるまいと、幼ごころにも思い定めたのである。とはいえ、あの人たちは特にヒドイ人たちであったわけではないだろう。歳月の経った現在も、責める気にはなれない。ごくフツウの凡庸な人なら、だれだってああなったかも知れない。もちろんぼくだって、そう。

では、どうしたら、ああならずにすむのだろうか？　じつは、いまこの瞬間だって、そのことを考えている。

老人とゲートルの校長の発言こそ、ぼくの「昭和」の象徴の一つであり、その後の人生にとって、大いなる目標と教訓となった。

それから幾星霜、「酔眼耄碌翁」になったころ、昔の中学校時代の同級生八人が久しぶりに集まって一杯やった。

その席で、当時、ほかの中学からの転校生だった女性が思い出を語る。

転校してきてすぐの授業で先生が、「民主主義をひとことで説明してごらん」といったら、クツワダさんがすぐに勢いよく手をあげて、「シュケンザイミン」と叫んだ。

こんな凄い人のいる学校で、わたし、やっていけるかしら、と不安に思ったんだけど、次の算数の時間になると、クツワダさんは「〇点」をとって先生に叱られていたので、ちょっとホッとしたのよ。

そんな七十年も昔の物語に、算数〇点はそうだったろうな、と納得しながら、なるほど「主権在民」とは、われながらよく答えたなあ、とカンシンした。

と、笑止千万なことをいうものの、戦後すぐの昭和二十一(一九四六)年、東大教授の丸《ま》山《やま》眞《まさ》男《お》が発表した論文『超国家主義の論理と心理』(「丸山眞男集」第三巻、岩波書店)の末尾の一行に、こう記されているのを知るのは、まだまだ先のことだ。

この論文は「天皇制」を批判するもので、肯定、否定など多様な反応をもたらしたが、ここではセンエツながら、ぼくに都合のいい「断章取義《だんしょうしゅぎ》」で引用する。


日本軍国主義に終止符が打たれた八・一五の日はまた同時に、超国家主義の全体系の基盤たる国体がその絶対性を喪失し、いまやはじめて自由なる主体となった日本国民にその運命を委ねた日でもあったのである。


「自由なる主体となった日本国民」とは、「クツワダ少年」ふうにいうなら「シュケンザイミン」ということじゃないかなあ、などと「酔眼耄碌翁」は妄想するのである。

「超国家主義」とは、真理や道徳について国家が中立を守ることなく、強力な権力を武器にして、国家が人間の精神や心に、それこそ土足のまま入りこんで来て、ああしろこうしろ、と命じること。たとえば、サッカーW杯のようなときに、国歌「君が代」の合唱に加わらないのはケシカラン、なんていうのもそれだ。

この大学者の文章は、父親が新聞の高名な記者だったせいもあるのか、ジャーナリスティックで読みやすい。『丸山眞男集』（全十六巻、別巻一）はのちに、ぼくの新聞記者活動にとって大切な座右の書となった。もちろん読破する能力はないが、何についても「なぜ?」と自問自答してみる実例の「宝庫」であるからだ。それと、長い論文の間にときどき、新聞記者に対する厳しい批判も飛び出すから目が離せないのである。

日本人は「理念によって現実を裁く考え方が弱い」「民主主義の理念によって、民主主義の現実を変えていく発想が弱い」「理念によってこそ事実を批判できる」(十一巻「日本思想史における『古層』の問題」)

「新聞記者といった人たちはもう少し『うちの社』的感覚から離れた本来の職業倫理をもってもよさそうな気がしますね。(中略)要するに職業倫理と職域奉公の違いということに帰着するといってもいいでしょう(第八巻「八・一五と五・一九」)」

「日本の新聞社の『政治部』は、正しくは『政界部』と呼ぶのがふさわしい。(中略)政治的意義をもった出来事や問題は(中略)社会面や家庭面の記事の中にむしろ……(第六巻『現代政治の思想と行動』第一部　追記および補注)」

新聞社だろうとテレビ会社だろうと、政党だろうと官庁だろうと、一般企業だろうと、どこも「うちの社」感覚が充満している日本社会！
「自由なる主体」になったはずの日本国民なのに、たとえば財務省の幹部は、官僚としての職業倫理を放棄して職域奉公、つまり政権の意向を「忖度《そんたく》」して保身をはかる……。

兵士にもなったし、広島で被爆もした、まさに「昭和」そのもののような存在である思想家、丸山眞男が、「平成」の世にも、さまざまな批判を浴びながらも読みつがれて「過去の人」にならないでいるのは、日本人の心の奥、「古層」に沈んでいる、じつは新しい問題がとらえられているからだろう。

あの「日本の勝利間違いなし」から「主権在民」まで、さらに「主権在民」が危うくなってきた二〇一八年までの、時の流れの中にぼくは生きてきた。

あの「老人」や「校長」は、現在も姿を替えて「健在」なのではなかろうか？
自分の言葉で「なぜだろう？」と考えることを放棄していたから、あんな滑稽を演じることになったまさにあのコッケイを、いまのぼくたちも演じているのではなかろうか？
「なぜだろうか？」と考えてみれば、答えは出るはずなのに、考えたくないことは考えないようにする。これぞ、わが日本国民の特性なのかも知れない。

「クツワダ少年」は、ああいう「昭和の老人」にはなるまいと、幼い覚悟を定めたけれど、さて結果やいかに？

◆

丸山眞男についての著作は非常に多い。とりあえず、
苅部直『丸山眞男―リベラリストの肖像』（岩波新書）
水谷三公『丸山真男―ある時代の肖像』（ちくま新書）
宮村治雄『丸山真男「日本の思想」精読』（岩波現代文庫）
などをあげておく。
この学者はまたクラシック音楽にとても詳しいので、中野雄『丸山眞男　音楽の対話』（文春新書）を音楽好きな人にお勧めする。

第二章　考えることを放棄せず、学ぶことを怠らない

少年、「東京裁判」を傍聴す

唐突な話で恐縮だが、二〇一九年に、新天皇に即位される「皇太子」とは、日本山岳会の会員どうしだ。

ぼくはヘナチョコ山男だが、皇太子殿下は立派な登山家として、毎年末恒例の山岳会晩餐会には、一会員として出席されてきた。

さて天皇となったら、出席は難しいだろうな、と思うけれど、それより気になるのは、昭和天皇から平成の今上天皇へと引き継いできた「靖国神社」参拝拒否の問題だ。

敗戦後にアメリカなどの連合軍が行なった「極東国際軍事裁判（東京裁判）」で死刑になった「A級戦争犯罪人」東条英機・元首相など日本の戦争指導者七人を、ある宮司がいつの間にか合祀したことに、昭和天皇はご不満だったからである。

陸軍軍部など戦争指導者の横暴に、昭和天皇は大いに悩まされてきたという歴史的事実がある。

神社側が昭和五十三（一九七八）年十月の合祀祭で「A級戦犯」を合祀したことを知った昭和天皇は、それまで行なってきた参拝をおやめになった。

しかし歴代の多くの首相たちや政権党の政治家たちは、選挙で「靖国遺族」の票ほしさから か、天皇のこのような戦争体験と反省に基づく意思を完全に無視して参拝をつづけ、中国や韓国の怒りをかってきた。

ぼくがこの問題を重くみるのは、もちろん昭和、今上の両天皇のお考えに共感を抱いていることもあるが、それだけではない。

じつは中学一年生、十二歳のとき、ぼくはこの「東京裁判」を傍聴するという、いまになってみればまことに貴重な経験をしているからである。

日本が敗北したあと、昭和二十（一九四五）年九月、GHQ（連合国総司令部）は、東条英機・元首相をはじめとする三十九名の逮捕を命じた。

翌昭和二十一年四月、GHQの総司令官マッカーサー元帥の命令によって、A級戦争犯罪（平和・人道に対する罪など）容疑者二十八名の起訴が発表された。

同年五月、東京・市ヶ谷の旧・陸軍士官学校（現在の防衛省あたり）の大講堂を法廷にして裁判は開始され、二年半の審理のあと昭和二十三（一九四八）年十一月十二日、判決。

病死などで除外された人を別にした二十五名の全被告が有罪となり、東条・元首相など七被告は同年十二月二十三日に処刑された。

これが、いわゆる「東京裁判」のあらましだ。

中学一年生のぼくは、判決の年の夏に傍聴に行った。なにしろ七十年も昔のことだけれど、いくつかの点は、いまも鮮明に記憶している。

父も隣家のNさんも朝日新聞の記者だったせいで、傍聴券が手に入ったのだ。父に、「行ってみるか?」と問われたぼくは、即座に「ウン」と答えた。何もわからなくても、ヤジ馬根性だけは旺盛だった。

国鉄(現JR)京浜東北線・北浦和駅から東京の市ヶ谷まで、一人で行った。進駐軍払い下げ(そのころは、食糧や布製カバン、ゴムマリなどが、進駐軍、すなわち占領軍からしばしば払い下げになり、配給された)のカーキ色の布で母が作ってくれた、半袖シャツに半ズボンにボロ運動靴といった出立ちである。

よく晴れた夏の日だ。法廷のある建物につくと行列があり、白ヘルメットをかぶったMP(憲兵。もちろんアメリカ人!)数人が、一人ひとり体をなで回して厳重に身体検査をしていた。

ぼくの番になったら、大人ばかりの中にいきなりチビが現れたので、体の大きなMPは「オウッ!」と声をあげ、ビックリして両手を広げた。

そのまま、ぼくの脇の下に手を入れると、高々ともちあげ、ストンと地べたに下ろして「オーライ!」。

そのとき見上げた空の青さ、若いMPのバラ色の頬と金色のうぶげのキラキラが、いまも脳裏に残って、美しい残像になっているのである。

ずっとのちのことだけれど、明晰な文体と知的でザックバランな発言が魅力的な作家、大《おお》岡昇平《おかしょうへい》さん（一九〇九～一九八八）の短編小説集『靴の話　大岡昇平戦争小説集』（集英社文庫）の中の『捉まるまで』を読んで驚いた。

主人公の「私」（もちろん大岡さん自身のことだ）がフィリピン・ミンドロ島の山中で、米軍の捕虜になるまでが克明に描かれている作品だ。

「私」はすでに日本の勝利を信じていないから、こんな場所で愚劣な作戦の犠牲になるのはつまらない、と思っている。

マラリアにかかって発熱し、水を求めてさまようちに、一人の若いアメリカ兵をみつけてしまう。相手はこちらに気がついていない。手は自然に動き、銃の安全装置を外す。だが「私」は撃たない。

なぜか？　アメリカ兵は予想以上に若く、薔薇色《ばらいろ》の頬が美しかった……。

「東京裁判」法廷の入り口で、ぼくを天高くもちあげた若いMPも、薔薇色の頬が美しかった。

ほんのしばらく前にみた、撃墜Ｂ29の捕虜たちと違って、それは輝くようなアメリカ体験だった。

いま思えば、中学生の子どもを、よくも入れてくれたものだ。そういう方針があったのか、ＭＰの独断だったのかはわからないけれど、これは奇跡的といってもよさそう。

子ども心にも感じられたのは、アメリカの若々しさと寛容の精神だった。それは、戦前に観て夢中になったアメリカのマンガ映画『ポパイ』の記憶につながった。

悪漢につかまって危機一髪になると、ポパイは「缶詰のホーレン草」をパクリと食う。すると元気百倍、逆転勝利する。ぼくのエネルギー源としての「ホーレン草信仰」は、老翁になったいまも健在なのである。


さて、「ホーレン草」はともかく、軍事法廷の照明の明るさにはビックリした。なぜならば、建物の中は暗いものと思いこんでいたからだ。戦中の夜は「灯火管制」と停電が常だった。小さな石油ランプだけの夜もあった。暗くなったら寝るしかない「原始時代」に戻っていたのである。

被告席にはニュース映画などでおなじみの東条・元首相の顔があった。坊主頭にチョビヒゲの顔である。あれで毛がフサフサしていたら写真で見た「ヒトラー」に似ているぞ、などと失礼なことも考えた。

それにしても「偉い人」たちが、そろいもそろって、しょぼくれた老人ばかりだったのに驚いた。わが家のそばにあった豆腐屋の、名人気質《かたぎ》で怖い有名なオヤジさんの方が、よっぽど立派だった。

元・陸軍大将で陸軍大臣だったこともある荒木貞夫・被告は、子どもの世界では笑いのマトになっていた大きな「八の字ヒゲ」を、相変わらず反り返していた。

しかし、もともと戦前・戦中に「威風」あたりを払っていたはずのヒゲが、法廷では妙に力なく垂れ下がっているようにみえた。

日本国家主義運動の指導者で、陸軍中央部と結びついて満州事変を推進したりした大川周明（一八八六〜一九五七）の姿は、すでに被告席になかった。新聞やニュース映画で、子どもにもその顔にはなじみがあった。

被告席で、前の席に座っていた東条元首相のハゲ頭をピシャンとたたき、精神錯乱と診断され、釈放されていたのだ。

「天才的学者」というウワサは知っていたけれど、「天才」が戦争犯罪の被告になっているという事実が、少年には不思議だった。

当時のクツワダ少年には、法廷での幼い観察だけしかなかった。この「戦争指導者」たちが拘置所の中で、たとえば所内の広場で散歩を許されたときに立ち小便をして、若いアメリカの憲兵に叱られたりしていることなど、知るよしもなかった。

クツワダ少年はまた、この裁判の欧米偏重を知らなかった。国際判事団十一カ国のうち、アジアの国はたったの三カ国。なぜならば、アジアのほとんどは欧米の植民地だったからだ。日本が植民地支配していた朝鮮からの「朝鮮人判事」もいなかった。

日本軍が一九三一年から四五年までに殺傷した人の数は、正確に算定することは不可能にしても、最も多いアメリカでも三十万だったのに対して、アジア諸国の合計は一千万以上に及ぶと推計されている、というのにだ！

さらに、クツワダ少年は知らなかった。A級戦犯七名の処刑に対して、「下級兵士」たちの「BC級戦犯」で処刑された者は千名近くもいたことを！　一九五八年に放映されたテレビ・ドラマの傑作『私は貝になりたい』の主人公は、処刑されたBC級戦犯だった。理髪店のおやじだった兵卒は、捕虜を死刑にせよ、という上官の命令に従ったのであった。

浅利慶太さんの「劇団四季」の傑作『南十字星の下に』も、BC級戦犯が主人公だ。ぼくは二度、観た。

いまのぼくは「東京裁判」を「勝利者による傲慢な裁き」だったと認識しているから、すべてを「鵜呑み」にはしない。

しかし、「被害」と「加害」という視点からいえば、七人のA級戦犯は、全員とは思わないが、多くが「戦争指導者」として「加害者」というしかないだろう。

けれど、B級戦犯のかなりについては、東南アジアなどの、きちんとした通訳もいないような法廷で一方的に裁かれた人も多かったことが、のちに判明する。

この「B級戦犯」たちは軍国主義と「報復的」裁判の「被害者」であるけれど、戦争を遂行した日本国民の一人とすれば、アジアの人びとに対する「加害者」ということになるのだろう。

「被害者」であり、同時に「加害者」であるという視点に立てば、ぼくはどうか？空腹の飢餓体験に苦しんだ点においては、ちょっとした「被害者」だけれど、連合艦隊司令長官・山本五十六元帥に憧れ、その国葬までみにいった「クツワダ軍国少年」となれば、「加害者」の端くれであることを否定するわけにはいかない。

もちろん、戦争遂行を煽《あお》った新聞の責任を考えれば、その後継者であるぼくも責めを負わなければならない。

このように「東京裁判」では、かなり乱暴に、しかもかなり一方的に、「昭和」そのものが裁かれたのである。

裁いたのは戦争の勝者たちである。そして「平成」も終わろうとしているいま、日本国民は、自分自身で裁くどころか、裁判があったことも、戦争も「昭和」も忘れようとしている。

◆

児島襄『東京裁判』（上下、中公新書）
日暮吉延『東京裁判』（講談社現代新書）
太平洋戦争研究会『東京裁判がよくわかる本』（PHP研究所）
林博史『BC級戦犯裁判』（岩波新書）
戦後に、GHQの「没収図書」になった柴田賢一『米英のアジア・太平洋侵略史年表』（図書刊行会）は、アメリカ、イギリスがアジアで実行してきた植民地支配を列挙している。
リチャード・H・マイニア『東京裁判　勝者の裁き』（安藤仁介訳、福村出版）
清瀬一郎『秘録　東京裁判』（中公文庫）
高橋哲哉『靖国問題』（ちくま新書）

イヤホンで耳傾ける

終戦の翌年の昭和二十一（一九四六）年五月三日に開廷した「東京裁判」の、日付けは忘却の彼方だけれど、傍聴席のすみでイヤホンをつけたぼくは、検事、弁護人、被告のやりとりを一生懸命になって聞き取ろうと努力していた。

しかし「クツワダ少年」の幼い能力では、学校の国語の成績は良かった（！）が、残念ながらチンプンカンプンだった。ただかすかに記憶に残っているのは、通訳が翻訳して伝えてくれる「日本語」が、かなり妙な、耳あたりの悪いものに聞こえていたことだ。

もちろんイヤホンなんて、見たことも聞いたことも、存在すらも知らなかったから、扱いにくかったせいだろう。それは被告席の「偉い人」たちも同じだったようで、イヤホンに手をやっては、どうもヘンだな、といった様子をみせていた。

この初対面の「異物」のせいで、なおさら何も理解できなかったのかも知れない。

閉廷で外に出たとき、疲れのせいか、軽い目まいのようなものを感じた憶えがある。

はるかのちに『東京裁判における通訳』（みすず書房、二〇〇八年刊行）という「異色」の本を手にしたとき、不思議にも、あのとき「イヤホン」の奥からボソボソともれてきた声が、はるか遠くに、かすかによみがえるような気がしたのは錯覚だろうか？

この本の著者は、スペインの大学で、「翻訳通訳・異文化間研究博士」号を取得した武田《たけだ》珂代子《かよこ》さんである。

「東京裁判」についてはかなり論じられてきたが、その「通訳」について研究した書物は、きわめて珍しく貴重である。「なぜ？」こういう視点の研究が乏しいのか？　一つには日本には通訳を、著者の武田さんの「博士号」にみられるような、文化の問題として学ぶ姿勢がないことがあるだろう。そして「東京裁判」そのものが、はや遠い存在になってしまったからでもあるだろう。

その本の「序章」によると、二〇〇六年、朝日新聞の世論調査（全国の有権者三千人が対象）で、「東京裁判」の内容を知らない人が七〇％、二十代では九〇％にのぼっていたそうだ。それから十二年後の二〇一八年ともなれば、「ほとんどの人が知らない」としても当然のなりゆきなのかも知れない。

だが、「知らない」ですませていてよいのだろうか？

「東京裁判」の法廷で「クッワダ少年」は慣れぬイヤホンを耳にして「同時通訳」を理解しようと努力していたのだが、武田さんの本によれば、実際は「同時通訳」ではなかったらしい。

発言者が文書を読みあげ、外務省職員など日本人通訳者による翻訳があらかじめ用意されていた場合のみ、それの「同時読みあげ」つまり「逐次通訳」が行なわれていたという。

ほぼ同時期に行なわれていたナチスの戦争責任を裁く「ニュルンベルク裁判」では、英語・ドイツ語・フランス語・ロシア語間の同時通訳が用いられていた。史上初の国際軍事裁判としてだけではなく、多言語間の同時通訳が継続的に実行された初めての通訳現場として歴史に名が残された。

同じ敗戦国での裁判なのに、「なぜ？」こんな差が生じてしまうのだろうか？　歴史、文化、国際的環境の違いなど、理由はいろいろあるだろうが、現在の日本はどうなのだろうか、と横文字オンチの「酔眼耄碌翁」はにわかに心配になるのだ。幼児のうちから英語教育をしよう、なんて声は高いが、モンダイはそういうことではないのではなかろうか？

さて「通訳」問題はしばらくおいて、「東京裁判」そのものについてである。公判でのやりとりを検証してみると、たとえば核兵器の使用と人道主義の問題など、いまだに議論になり、解決のついていない大テーマの源が露呈していることに気がつく。

当時の日本はまだアメリカを「主人公」とする連合軍の占領下だったから、建前としての「言論の自由」はあったけれど、実際はかなりの制約を受けていたのである。特に占領軍関係の事件は報道管制の中にあって、報道できないか、遠回しの報道になっていた。裁判の法廷でも、ときに裁く側に都合の悪い発言があると、即座に日本語への通訳が停止されることがあった。

もちろん当時の「クツワダ少年」にそんなことはわからなかったが、昭和二十一（一九四六）年五月十四日、東郷茂徳《とうごうしげのり》・外務大臣などの弁護人であったアメリカのブレイクニー弁護人（陸軍少佐）が放った「爆弾発言」がそれだった。それは、ほぼこのような内容だった。

広島、長崎への原爆投下という空前の残虐を犯した国の人間には、この法廷の被告を裁く資格はない。非戦闘員大量虐殺を結果した原子爆弾の投下こそが最悪の戦争犯罪である。

その瞬間、日本語の通訳は停止され、速記録にも日本文の記録は欠如している。この発言が法廷外にもれることを防ぐためだった。

一般の日本国民がこれを知るのは、それから三十六年余を過ぎた昭和五十七年の夏、講談社の企画・製作による長編記録映画「東京裁判」が公開されたとき、その字幕によってであった（小堀桂一郎《こぼりけいいちろう》編『東京裁判　日本の弁明』講談社学術文庫、に大いに助けられて書いている）。

それまで被告たちを激しく攻めたてていたアメリカのキーナン検事は沈黙し、ウエッブ裁判長（オーストラリア）は休憩を宣言して、再開後に裁判長は理由も述べずに、ブレイクニー弁護人の提案を「多数決によって却下した」と申し渡した。

あの憎々しげな顔のキーナン検事と、意地悪そうなウエッブ裁判長の顔だけは鮮明に記憶しているのは、傍聴したせいか、それともニュース映画や写真によるせいか？

戦争が継続して、より多くの死者を出すことを原爆の投下が防いだ、という意見が法廷の内外に飛び交ったが、これはいまでもアメリカに根強い考えなのである。

「東京裁判」そのものは過去の歴史になったけれど、その本質についての検証はまだ終わっていない。

「東京裁判」には、「昭和」のすべてがある。そこをしっかり「検証」せずに放置しておけば、「昭和」の影は「平成」を覆い、さらに次の時代にまで尾を引いてゆくに違いない。

記者になってから、保存されていたかつての法廷を見学した。無人の廷内でぼくは、イアホンで耳傾ける当時の「クツワダ少年」を想い描こうと努めていた。

傍聴したあの日、ブレイクニー弁護人の姿をみかけたかどうかはわからないが、ヒロシマ・ナガサキの「大量殺戮」について勇気ある発言をしたその声は、いまも未来を切り開く考えとして、音もなく法廷内にこだましている、と思いたかった。

ブレイクニーさんは、裁判後、日本に住みついて弁護士として活躍した。残念にも、伊豆の飛行機事故で死去した。

◆

米原万里『ガセネッタ&シモネッタ』（文春文庫）

米原さんは、ロシア語同時通訳の達人にしてユーモアたっぷりのエッセイの名手。同時通訳の実際を描いて抱腹絶倒の書。

鳥飼玖美子『歴史をかえた誤訳』（新潮文庫）

同時通訳の達人である鳥飼さんには、他に「英語公用語化」の問題点をするどく指摘した『「英語公用語」は何が問題か』（角川ｏｎｅテーマ21）があり、この中で同時通訳について具体的に説いている。

小堀桂一郎編『東京裁判　日本の弁明』（講談社学術文庫）

参謀・辻政信

連合艦隊司令長官・山本五十六元帥の国葬を見送ったり、敗戦後の「東京裁判」で往年の「戦争指導者」たちのしょぼくれ顔をみたりで、「クッワダ少年」の「昭和」は過ぎてゆく。

ところが、「昭和」の後半に至って、新聞記者として国会をうろついていたら「昭和」そのもののいかつい「顔」に出くわしてビックリした。

国会の中の議員食堂だったか控室だったか場所は忘れてしまったが、椅子に腰掛けた傲然たる態度の人物の顔は、新聞かニュース映画で見覚えがあった。

坊主頭に丸い眼鏡で眼光鋭いさまは、まさに「陸軍参謀・辻政信《つじまさのぶ》」その人だった。無所属の参議院議員として、そこにいたのである。

もちろん、衆議院議員当選四回、次いで参議院議員となっていることは承知していたが、あの無残な「ノモンハン事件」の責任者の一人であり、無謀な太平洋戦争の強力な推進者であったことも承知していたぼくにすれば、それはまるで「亡霊」のようでもあり「幻」のようでもあった。

「ノモンハン事件」とは昭和十四（一九三九）年五月～九月、満州国（現在は中国東北部）と外蒙古（現・モンゴル人民共和国）との国境ノモンハン地区で起こった日ソ両国の大規模な武力衝突を指す。

事変に参加した日本軍の全兵力は約五万六千人。うち戦死八千四百四十人、負傷八千七百六十六人、通算の死傷率三二％という惨たる数字が残されている（半藤一利『指揮官と参謀』文春文庫）。最前線の兵士は健闘したが、上級司令部の指揮・指導が拙劣だったため、壊滅的な打撃を受けたとされている。

「昭和史」の一大権威である元・文藝春秋編集長、半藤一利《はんどうかずとし》さんの名作『ノモンハンの夏』（文春文庫）の「あとがき」で半藤さんは、戦後間もなくこの人物と議員会館で面談したときの様子を次のように記している。

戦犯からのがれるための逃亡生活が終わると、『潜行三千里』ほかのベストセラーをつぎつぎとものし、立候補して国家の選良となっていた。議員会館の一室で初めて対面したとき、およそ現実の人の世には存在することはないとずっと考えていた「絶対悪」が、背広姿でふわふわとしたソファに坐っているのを眼前に見るの想いを抱いたものであった。

「ノモンハン事件」の責任者、服部卓四郎と辻政信は、やがて参謀本部に返り咲き、二人が力をあわせて、東条英機・首相兼陸相を動かして太平洋戦争開戦の決断をさせた。

「終戦から七十三年の夏」である二〇一八年八月、ＮＨＫスペシャル番組で「責任なき戦いノモンハン」というドキュメンタリーが放映された。

戦争指導者であった元将軍たちの、「敗軍の将」とは思えないアッケラカンとしたおしゃべりに、「辻、ツジ」という名前がしきりに登場し、そのたびに、ぼくの脳裏には国会でみた「実物」の姿が去来するのだった。

アメリカに保存されていた元参謀の先輩や仲間の生の声は、「昭和天皇」すらも「笑いもの」にするような不遜な響きに満ちていて、かつて「昭和天皇」をさんざんに悩ませた軍の横暴さをはっきり示していた。

テンサンの命令は絶対なんだが、どうにでもなるんですよ。

「テンサン」とは「昭和天皇」のことだろうか？　まことに失礼、不敬な表現ではないか。「どうにでもなる」とは、いくらでもだませる、ということだろうか？

なるほど、最初から最後まで陸軍がだましつづけたことは歴史的事実であり、「昭和天皇」ご自身のお言葉が証明している。

十数年近く前に出した『いまを読む名言　昭和天皇からホリエモンまで』（講談社文庫）で、ぼくは「昭和天皇」の軍部に対する怒りの声を出典を明記しながら列挙した。

私の切ない気持ちがどうして、あの者たちにはわからないのであろうか（昭和二十年八月十五日朝、戦争終結に反対する軍人たちの反乱がひとまず収まったとき）。

陸軍は作戦、作戦とばかりいって、どうもほんとうのことを自分にいわないで困る（昭和十六年七月、天皇とその周辺に反対は多かったが、陸軍は南部フランス領インドシナに進駐した）。

「辻政信参謀」が推進した「ノモンハン事件」については、「満州事変のときも、陸軍は事変不拡大といいながら、かのごとき大事件になりたり」（『侍従武官長日記』）と怒りの声を発していた。

関東軍（日露戦争で中国から奪った遼東半島の「関東州」に置かれた日本陸軍守備隊）の参謀であった辻政信は、国境が不明確でしばしば紛争になっている地域では「国境を自分で認定すべし」と強硬に主張した。

こうして「関東軍」は、「不拡大」を決めていた中央の意向を無視して戦闘に入り、さらに空軍百七機によって越境爆撃を強行した。これによって大きな戦果をあげたけれど、中央はそれを知って激怒した。なぜならば、国境侵犯には天皇の「大命」がいるからだった。

「関東軍」は、「昭和天皇」のお考えをも無視して作戦を拡大していった。無残な数字がその結果だったのである。

そして「責任」はだれもとらず、NHKの報道にあったように、そのなすりあいに終始した。しかも軍にその大失敗の研究はなく、結果として来るべき太平洋戦争に何の教訓も残さなかったのである。

戦後、辻政信は『ノモンハン秘史』（毎日ワンズ）という本を書いて「真相」を述べているが、その中にこういうくだりがある。

まさかあのような大兵力（ソ連軍）を、外蒙の草原に展開できるものとは夢にも思わなかった。（中略）作戦参謀としての判断に誤りがあったことは、何としても不明の致すところ。この不明のために散った数千の慰霊に対しては、何とも申し訳ない。

辻はまた「戦争は敗けたと感じたものが、敗けたのである」と書いて「敗北」を認めようとしない。しかし、荒野に散った八千四百余の兵にとっては、「勝ち」も「負け」もなく、ただ「死」と「無」があるのみであろう。
太平洋戦争を強力に指導した「辻参謀」は、いい加減な作戦によって、三万の兵士の死がほとんど餓死だったという悪名高い「インパール作戦」にもかかわった（この作戦についても、ＮＨＫのすぐれたドキュメンタリーが放映されて、多くの人びとの心を動かした）。

国会でその姿を目にしたとき、失礼ながら、いてはならない人がそこにいたという想いに心が震えた。しかも日本国民の代表の一人として国会に、という驚きである。
「昭和」の悲惨と無責任の中心人物を、有権者たちが選ぶことそのものが信じられなかった。有権者たちが先の戦争について、「昭和」について、深く考え抜いた痕跡すら感じられなかったのは残念である。

二〇〇一年三～五月、アメリカの歴史学者、ジョン・ダワーの大作、ピュリッツァー賞受賞の『敗北を抱きしめて』（上下）という本が日本でも出て評判になった。「第二次大戦後の日本人」という副題がついている。その巻頭の「日本の読者へ」で筆者はつぎのような心温まる言葉を記している。

日本社会のあらゆる階層の人々が敗北の苦難と再出発の好機の中で経験したこと、そして彼らがあげた「声」を、私はできる限り聴き取るように努力した。（中略）多くのことを慎重に書き進め、それが終わったとき、私はある事実に深く心を打たれていた。悲しみと苦しみのただ中にありながら、なんと多くの日本人が「平和」と「民主主義」の理想を真剣に考えていたことか！（中略）多くの理由から日本人は、「敗北を抱きしめ」たのだ。

なんと温かく戦後の日本人を受け止めてくれたものか！　と感動するが、それだけに「裏切られた」ときの言葉は激しくなる。

たとえば「辻政信」については、「戦争犯罪人のひとり、もと陸軍大佐の辻政信は、巣鴨に入りもしないで悪者から有名人に変身を遂げ、さらには商業的成功まで手にした」と糾弾し、「人殺し」とまでいう。

そして、「潜行」のいきさつについてこう明かすのである。まず中国の、その後にはアメリカの庇護を受け、戦後、イギリス軍の逮捕を逃れて東南アジアから中国に渡り、その軍事諜報知識と激しい反共主義のために、蔣介石の国民党軍に重宝された。

一九四六年、密かに中国人大学教授を装って帰国した。その背後にはＧＨＱ（連合軍総司令部）のウイロビー少将がいた。東西冷戦の動きの中を、巧みに泳いだのである。

一九五〇年元日、アメリカは辻を、指名手配戦犯の指定から外した。やがて選挙で国会議員になる。

こういう経歴の人を国会議員に選ぶ有権者の気持ちが、ぼくには理解できなかった。本人には言い分もあるだろうが、日本国民は自分自身の言葉を誠実に探して、「昭和」というものを裁いたのかどうか？　「辻議員」の姿は、ぼくにとって「悲しい昭和」の象徴のようにみえた。

同時代に同じように参謀だった人物（瀬島龍三《せじまりゅうぞう》★著者注）が、戦後、政府の要職についたことを、いまは亡き政治部の編集委員だった石川真澄がこう批判した（ぼくが尊敬していた数少ない政治記者の一人だ）。

むかし軍に号令した人は、のちに大商社に号令し、次はまた国民に号令する一人になろうとしている。元高級軍人が金もうけ上手になって悪いことはない。だが、教育に力をふるっていいものか（朝日新聞一九八五年三月十日付け朝刊四面コラム）。

こうした高級軍人たちは、逃げるときに追撃されないように川にかかる橋を爆破した。このため開拓団などにいた大勢の日本人は川を渡れずに、ソ連軍の暴行、殺戮のエジキになったのである。

「昭和」というものの一断面が、ここにある。

辻元参謀はやがてラオスで行方不明になった。なぜ、ラオスに行ったのか、意図不明のままだ。

◆

『指揮官と参謀　コンビの研究』（文春文庫）など、半藤一利さんには『ノモンハンの夏』のほかにも読むべき多数の著作がある。

ジョン・ダワー『敗北を抱きしめて』岩波書店　上（三浦陽一・高杉忠明訳）下（三浦陽一・高杉忠明・田代泰子訳）

島田俊彦『関東軍　在満陸軍の独走』（講談社学術文庫）

NHKスペシャル取材班『戦慄の記録インパール』（岩波書店）

「思考」の欠如

「東京裁判」の法廷での、かつては「偉い人」だった人びとの「みじめな、しょぼくれた老人」の姿に、当時の「クツワダ少年」はいささかガッカリした。

こんなショボイおっさんたちが、あんな戦争を指導していたなんて、幼いアタマを総動員して考えたがわからなかった。

東条・元首相にしたって、戦犯に指定されてMPが屋敷にむかったとき、拳銃自殺をはかって失敗している。人の命のことだから、軽々にものをいってはならないし、肉親のみなさんにも申し訳ないと考えながらも、この失敗はいまだに理解できない。

そのころ信じていた、いわゆる「武士道」からいっても、「武人」が「切腹」に失敗するものだろうか？

「東条さん」は、兵隊さんたちに、「生きて捕虜なんかになってはいけない」と命令した人であることも少年は知っていたはず。もうちょっと成長したのちに知ることになるのだが、それは、昭和十六（一九四一）年、まだ陸軍大臣だった「東条さん」が全軍に命じた「戦陣訓」の一節で、原文は「生きて虜囚《りょしゅう》の辱《はずかし》めを受けず」というものだ。「生きて捕虜になる辱めを受けてはならない」というこの一節で、「死ななくてもよかった兵隊や非戦闘員が死んだ事実は少なくなかったはず」（三國一朗著『戦中用語集』岩波新書）なのである。

そう命令した本人が「生きて捕虜」になってしまっている。子ども心にも、ちょっとヘンに感じられた。子どもはこういうことには敏感である。

岩波ホールで上映された映画のポスター

ところで「酔眼耄碌翁《すいがんもうろくおう》」となったぼくは、ドイツ系ユダヤ人でアメリカの政治哲学者ハンナ・アーレント（一九〇六〜一九七五）の代表的著作『イェルサレムのアイヒマン――悪の陳腐さについての報告』（大久保和郎訳、みすず書房）を読み、彼女を描いた伝記映画を岩波ホールで観て、また考えた。

アドルフ・アイヒマン（一九〇六〜一九六二）とはナチスの幹部で、アウシュビッツ強制収容所などで実行されたユダヤ人集団殺害の責任者の一人である。戦後、アルゼンチンに逃げたが、イスラエルの特務機関に逮捕され、イスラエルの古都エルサレムで裁判にかけられた。

アーレントはこの裁判を傍聴したルポルタージュを、アメリカで最も知的といわれる雑誌『ニューヨーカー』に連載した。その中で彼女は、被告アイヒマンについて「ありふれた、陳腐な人間だった」と記したのである。

この文章は、「極悪非情、凶悪残忍な人間像」を描写してくれると期待していた人びと、特に世界のユダヤ人を憤激させた。猛烈な批判も脅迫も受けた。古くからの友人も失った。

しかし彼女は信念を曲げなかった。「アイヒマンのように、考えることをしなければ、だれだって陳腐でごく当たり前の悪に囚われる」と、訴えたかったのである。

自分の考えを、自分自身で厳しく批判することを放棄していれば、「だれだってアイヒマンになってしまう」というのだ。

法廷でアイヒマンは、「凡庸」そのものの表情で、私は上役の命令に従い、ヒトラーの法を守っただけだ。私自身は一人も殺してはいない、と主張した。

そしてさらに「岩波ホール創立50周年記念作品」である『ゲッベルスと私』という記録映画を観て、またも衝撃を受けた。「ゲッベルス」とは、ヒトラーの側近で、国民啓蒙・宣伝大臣として国民をナチス支持へと煽動した人物だ。ドイツが敗北すると、ヒトラーのあとを追って総統地下壕で家族もろとも自殺している。

彼の女性秘書だったブルンヒルデ・ポムゼルは百三歳のとき、インタビューに応じて秘書時代のことを語った。その記録映画だ。古木の肌のように顔に深い無数のシワの寄った老女は、淡々とした口調で語る（彼女は百六歳で死去した）。

ユダヤ人大量虐殺について「私たちは何も知らなかった。とうとう最後まで」

「私はただ責任をもって仕事をしただけ。上司に信頼されている自分を誇りに思っていた」

「私に罪があったとは思わない。ただし、ドイツ国民全員に罪があるとするなら話は別よ」

監督のクリスティアン・クレーネスは語っている。

「戦争やファシズムは前兆なく生まれてこない。社会の雲行きは瞬く間に傾きます。悪は最初から悪としては認識されていないのです。だからこそ、私たちは常に何が正しいのかを問いかけていく必要があります」

彼女の「独白」は、『ゲッベルスと私　ナチ宣伝相秘書の独白』（ブルンヒルデ・ポムゼル、トーレ・D・ハンゼン著、石田勇治監修、森内薫、赤坂桃子訳、紀伊国屋書店）で読める。

「今日《こんにち》だって、人々はシリア難民のことを四六時中考えてはいない。故郷を追われて、海で溺れていく気の毒な人たちのことを、ずっと考えているわけではないでしょう？　……生きるとはそんなものだと私は思う」という発言が心に突き刺さってくる。

ヒトラーの「ユダヤ人皆殺し計画」によって、何百万人もガス室などで殺害した行為と、「東京裁判」で断罪された日本軍国主義の罪を同列に論じるのか！　と叱られそうだけれど、ぼくはこれらの本を読んだり映画を観たりしながら、いつも「東京裁判」法廷の戦争指導者たちの、しょぼくれた凡庸さを思い出していた。

ひょっとすると、若いころから老翁の今日まで、「偉い人」「権力者」、特に政治家に対して抱きつづけるぼくの「批判精神」は、「東京裁判」の法廷での、少年時代の見聞によって培われたのかも知れない。ずっとのちに、記者になって国会などで取材しているときも、ごく一部の政治家をのぞいて、「大きな顔」、俗にいいかえるならば「デカイつら」の裏側に、栄光と衰亡と無責任の本質を感じてしまうのだった。

権力というものの虚しさを、ほとんど無意識のうちに味わってしまい、それがぼくの精神の骨格の一部となっているかのようだ。

さて、この項を執筆していた二〇一八年七月、「地下鉄サリン事件」などを起こした「オウム真理教」の元代表たち十三人の死刑が執行された。

一流大学まで出た人びとが、なぜあのような怪しげな教理にはまって、「教祖」のいいつけに従い、人道にも背くような殺人を犯したのだろう？　わたしたちは、そのことについて「なぜだろう？」と真剣に考えたのだろうか？

作家、高村薫《たかむらかおる》さんは、「私たちは精神世界に無関心のまま、オウム事件を言葉にする努力を放棄してきた」と、鋭く問題を提起した（二〇一八年七月十日付け朝日新聞朝刊、文化・文芸欄）

わたしたちは、オウム事件に限らず、あの戦争と、それにつづく「東京裁判」について言葉にする努力をしてきたのだろうか？

そもそも、あの太平洋戦争のとき、新聞・ラジオで何も知らされなかったにせよ、多くの国民は「言葉にして考える努力を放棄していた」のではなかったのか。

新聞もラジオも記者も、そうだったのではなかったか？　では、いまは、どうだ？

「日本の勝利間違いなし」と叫んだ爺さんも、その一人だったのだろう。

言葉にして「なぜだろう？」と自分に問いかける努力を怠る、とは「考えることを放棄す

萩原朔太郎の詩集『青猫』
の定本初版本（1936 年）

る」に等しい。何だか、ぼく自身、ハンナ・アーレントの描いた「アイヒマン」の「凡庸」さに似てくるような気がするぞ！

もちろん、ぼくの「昭和」には楽しいことも無数にあった。イモしか食い物がなく、裸足で学校に通っていたころだって、田んぼでイナゴをつかまえたり、カエルの皮をむいてエサにしてザリガニを釣ったりして食った。あのうれしさは忘れられない。大人になってからの「昭和」だって、何もここで挙げるまでもなく、大いに楽しんできた。

しかし、そうした喜びや哀しみのすべてに詩人、萩原朔太郎（一八八六〜一九四二）が詩集『青猫』でうたったように、

かなしい人類の歴史を語る猫のかげ

が影を投げかけているのである。それこそが「昭和」であり、その影は「平成」にも、そ

して次の時代へも尾を引いてゆくのである。

◆

ハンナ・アーレントについては、自身による前掲書のほかに、矢野久美子著『ハンナ・アーレント』（中公新書）、仲正昌樹著『ハンナ・アーレント　全体主義の起原』（NHKテキスト）などがあって、どれも読みやすい。

加藤典洋『敗戦後論』（ちくま学芸文庫）ハンナ・アーレント論あり。

三國一朗『戦中用語集』（岩波新書）

詩集『青猫』は『萩原朔太郎詩集』（岩波文庫などに収録）

「昭和十一年」

熱帯よりも暑い酷暑に加え、水害や地震に苦しんだ夏も終わりに近づいていた二〇一八（平成三〇）年九月、自民党の総裁選挙で安倍首相の三期続投が決まった。

それに先立つ同月十四日、東京・内幸町の日本記者クラブで開かれた安倍晋三、石破茂両候補の討論会を、記者クラブ会員のぼくは傍聴した。

予想どおり、二人の討論は低調だった。政治家どうしがむかい合って議論を交わすという「文化」がない国だからなぁ、とひそかに慨嘆しているうちに、二人の討論は終わり、記者の代表質問に場面は移った。

いきなりビックリした。読売新聞の橋本五郎・特別編集委員がこう質《ただ》したのである。

「最大の問題は（内閣）不支持の一番の大きな理由が、『総理大臣が信頼できない』ということだ。一体なぜこういうことになっているのか」

首相の「ご友人」たちによる、いわゆる「森友・加計学園」新設計画に対し、中央官庁の幹部があれこれ怪しげな「便宜」を図ってきた。それは、官僚たちが首相の気持ちをくんで「忖度《そんたく》」した結果ではないのか？

国民の多くがそう疑っているのに、首相はきちんと答えていない現実をいきなり衝《つ》いた鋭い質問であった。

ぼくがビックリしたのは、じつはそのしばらく前ごろ、読売が首相の御用新聞であるかのように一部のメディアなどに書き立てられていたのを連想したからだ。

もちろんさまざまな「偏り」はどこの新聞にもあり得ることだし、「偏り」も言論のうちだから、「御用新聞」などと失礼なことをぼくはいわない。むしろ橋本記者の質問は、質すべきこと、首相の最も痛いところを質したと高く評価する。

首相の表情がこわばった。しかし答えは、「妻や友人がかかわってきたことで、国民が疑念をもつのは当然なんだろう。今後は慎重に、謙虚に丁寧に政権運営にあたる」という、紋切り型だった。

そのとたん、ぼくの失礼な「ビックリ」は消え去り、まったく次元の異なる質の懸念に変わった。

首相の政策や考え方を国民が批判することは、いくらあってもおかしくはない。それこそが民主主義だし言論の自由なのだから。

しかし、「総理大臣が信頼できない」から内閣を支持しない、という意見は、「批判」どころか「慎重・謙虚・丁寧」では超えられない「全否定」といってもよさそうな重みを感じさせる。

安倍当選が決まったとき、ある幹部は嘆いた。往年の「派閥」どうしの争いのにぎやかな時代と違って、自民党には「言論の自由」が乏しくなった、と。

選挙前の「安倍支持派」の会合にはカレーライスが出た。ところが、実際に食べた人数より得票数が少なかった。「食い逃げ」がいたからだ、それはだれだ！

というバカ騒ぎの報道に、暗澹《あんたん》たる思いに沈みながらぼくは、あの戦争の末期に「日本の勝利間違いなし」と叫ぶ老人や校長、それに「東京裁判」で目にした「戦争指導者」たちの、ショボクレ姿を思い出していた。

そしていま、「信頼できない総理大臣」に率いられて、日本はどこを目指して、どう進んで行くのだろうか？　などと、自称「酔眼耄碌翁」の懸念はにわかに深まった。


そういえば、かつて日本が「行き先」を失ったのは「昭和十一（一九三六）年」あたりではなかったかしら？　と愚考もまた色濃くなってゆくのである。

ちなみに、前項で紹介した詩人、萩原朔太郎の「かなしい人類の歴史を語る猫のかげだ」という詩の載っている詩集『青猫』の定本が出たのも、「昭和十一年」だった。

小声でつぶやけば、ぼくが生まれた年でもあるのだが、そんなちっぽけな個人的理由はともかく、陸軍の一部将校によるクーデター「２・２６事件」が起きて、太平洋戦争への「第一歩」を踏み出した年であるという意味は決定的に大きい。

ベルリン・オリンピックがあったのも、この年だった。ぼくの父は特派員として出かけ、「四年後の一九四〇年、オリンピックは東京！」という、「ＩＯＣ（国際オリンピック委員会）」の決定を大きく伝えた。

「昭和」の中で、最も「昭和」らしい年だったのではなかろうか。さらにいえば、「昭和十一年」に生起したあれこれの影が「昭和」全体を覆い、さらに「平成」にまで及び、その次の時代にも尾を引いていくと思われてならない。

ここでどうしても紹介しておきたいのは、明治・大正・昭和を生きて「文化勲章」も受けた文豪、永井荷風（一八七九〜一九五九）が残したひとことである。

四十二年にわたたって書きつづけた日記『断腸亭日乗《だんちょうていにちじょう》』は、座右はもちろんマクラ元にも置いてあって開かない日はない。日本近代の「文学」の最高傑作だと信じている。

「昭和十一年」の二月十四日はこう記されている。

日本現代の禍根は政党の腐敗と軍人の過激思想と国民の自覚なきことの三事なり。（中略）個人の覚醒は将来においてもこれは到底望むべからざる事なるべし。

この十二日後が「2・26事件」だ。二月二十六日、陸軍将校たちが千五百の兵を率いてクーデターを起こしたこの「2・26事件」こそ、その後の日本の運命を決定づけた事件であった。

ところで、「なぜ?」こんなにも「2・26事件」を重視するのかといえば、ぼくが事件を「体験」したせいでもあるからだ。とても個人的なことでもあるので、いささか話しにくいのだが、あらましこうだ。

ぼくの生年月日は、届け出は「昭和十一年三月五日」となっている。ところが、ある年の正月、親類も集まって新年を祝っていたとき、急に舞い落ちてきた雪をみたいまは亡き母が、「お前をおぶっていた、あの事件のときも雪だったねえ」とつぶやいたのである。

「2・26事件」の朝、新聞社の泊まり明けだった父は、事件発生で帰宅できなくなっていた。

着替えの下着などを抱えた母は、赤ん坊のぼくを背負って雪の日比谷あたりを歩いていた。そこで憲兵に剣付きの銃を「背中」に突きつけられて追い払われたというのだ。

「銃を突きつけられた背中には、オレがいたんじゃないのかい?　だったらオレの背中に銃が突きつけられていたんだ!」

そこへぼくのワイフ、つまり「嫁」が割りこんで、「でも、誕生日は三月でしょ?」と疑問をはさんだ。すると、母と祖母が何やら「ヒミツ発覚」の様子で慌てたので、その話題はそれきりになった。

どうやら、届け出を遅らせたらしく、実際は「２・２６」以前に生まれていたらしい。老母の記憶違いもあるかも知れないが、ぼくはそのときの母の怪しげな発言を信じて、今日に至るのである。

ときに背中に、何ものかを感じるのは、そう想いたいというジャーナリスティックな妄想だろうが、そのアヤフヤな錯覚によって「２・２６事件」を身近に感じつづけていることは事実なのだ。


昭和十一年二月二十六日早朝、国家改造などを唱える陸軍青年将校が約千五百名の兵を率いて反乱を起こした。「軍部独裁政権」を樹立して、国内の経済危機や、アメリカとの対立激化を打破しようというネライだった。

岡田啓介首相は危ういところを助かったが、内大臣（常に天皇のそばにあって補佐する）斎藤実、大蔵大臣・高橋是清などを殺害、首相官邸のある永田町一帯を占拠した。朝日新聞も軍に批判的だったため襲撃されて、印刷の現場などを荒された。

陸軍首脳は、青年将校たちの気持ちはよくわかる、という態度だったが、昭和天皇は兵の私物化に激怒した。軍を動員して警備にあたる戒厳令を公布、海軍の軍艦は東京湾から反乱軍攻撃の準備を進め、陸軍の鎮圧部隊も都心に陣を敷いていった。

やがて天皇の命令が徹底されて反乱軍は鎮圧され、首謀者の数人は自決した。首謀の将校ら十九人は銃殺された。


現代日本にとって初めての重大事件だったのに、陸軍そのものは「派閥」争いに終始して、事件の責任追及は中途半端のままで終わった。それどころか、「統制派」（陸軍中央部による国民統制を強化し、「軍独裁」によって「国家総動員体制」を構築しようとする派）が、この事件を最大限利用して「皇道派」（クーデターで「軍独裁」政治を実現して、国家改造をねらう派。一部の青年将校らに支持された）を退け、東条英機たちを全面に押し立てて、政治に対する「軍」の発言力を強めた。


国民からすれば、どっちもどっちの危険な存在だったが、この事件により、陸軍が場合によっては天皇の命までねらいかねない「力」を示した結果となって、「恐怖」が社会の底流となり、政治もメディアも腰が引けていった。

こうして軍部が政治をも支配する軍国主義国家となり、やがて太平洋戦争へと雪崩落ちていく。

「昭和十一年」は太平洋戦争の「始まり」の始まりの年だった。

ついでにいうなら、「阿部定事件《あべさだじけん》」という猟奇的事件が起きたのもこの年だ。「お定さん」という女性が恋人を殺し、局部を切り取ってもったまま逃げ回った。

陸軍の横暴が世間を暗くしていたときに、いささか「人間味」を感じさせるこの事件は大騒ぎされ、新聞も一面をさくにぎやかさだった。

作家、丸谷才一《まるやさいいち》さんはこの事件を、「昭和」の一断面を象徴的に示す事件として重くみている。

◆

高橋正衛『二・二六事件「昭和維新」の思想と行動』増補改版、中公新書）

加藤陽子『それでも、日本人は「戦争」を選んだ』（新潮文庫）

永井荷風『断腸亭日乗』は全集だと膨大な量になるが、磯田光一編の『摘録』（岩波文庫上下二巻）がきわめて読みやすい。

丸谷才一・山崎正和『二十世紀を読む』（中公文庫）

『丸谷才一編・花柳小説傑作選』（講談社文芸文庫、「阿部定事件」の小説あり）

マラソン「金」と「日の丸」

昭和十一（一九三六）年八月に開かれた史上最大規模のベルリン・オリンピックは、独裁者ヒトラーの「世界制覇」の野望を隠しもった、「ナチズム」の大会だった。

日本選手団は、カーキ色の布製の戦闘帽をかぶって入場した。

ちなみに、日本サッカーチームは、これがオリンピック初参加だったのにもかかわらず、強豪スウェーデンに、3―2で逆転勝利をあげて世界をビックリさせた（それまでは「日本人もサッカーやるのかい？」程度の認識だった）。二回戦はイタリアに8―0で負けたけれども。

この代表チームのフル・バック（DF）だった堀江忠男さんは、帰国後、朝日新聞記者となり、さらにのちにはマルクス経済学者として、「マルクスの間違い」を大胆に指摘し、早稲田大学の政治経済学部長になった。

サッカー部の監督や部長も務めていて、サッカー部員で「怠け者」学生であるぼくの「経済学」の先生はこの大先輩だった。そのおかげで、ろくに授業に出なかったのに「優」をくれた！

女子水泳二〇〇メートル平泳ぎで、前畑秀子《まえはたひでこ》選手が「金メダル」を獲得したのは凄い快挙だった。ラジオの実況放送でアナウンサーが、「前畑ガンバレ！」と絶叫したのは、放送史に残る「名場面」だった。

文字どおり「昭和」の新聞記者だった父は、戦前・戦中のことはあまり話さなかったが、ベルリンに特派されたときの「秘話」は、いささか残念そうに語ってくれた。大会のメイン・イベントであるマラソンで、「日本」の孫基禎（ソン・ギジョン）選手は堂々の「金メダル」を獲ったのだが、インタビューした父に孫さんは、ハッキリとこう語ったのだという。

私は日本のために走ったのではありません。朝鮮のために走ったのです。

父はそれを書けなかった。書いたところで紙面には載せられない。もし載せたら即座に発売禁止か、発行停止だ。

朝鮮の「東亜日報」は、優勝を報じた八月二十五日夕刊の写真で、孫選手の胸の「日の丸」を消した写真を掲載した。二日後の二十七日には無期限発行停止を命じられ、運動部責任者、社会部長、画家ら十一人が逮捕された。九カ月後に発行を許可されたが、一九四〇

（昭和十五）年八月、日本による植民地支配の総元締めである「朝鮮総督府」によって廃刊にさせられた。
日本が敗北して、植民地支配から解放された一九四五年十二月に復刊して、韓国最大の「野党的」夕刊新聞となり、一九九三年には日刊新聞に転じて韓国を代表する新聞となって今日に至る。

このように、新聞報道は「新聞紙法（明治四十二年）」を主にして、「軍機保護法（同三十二年）」「治安維持法（大正十四年）」「国家動員法（昭和十三年）」「軍用資源秘密保護法（同十四年）」「国防保安法（同十六年）」などによって、厳しく監視され束縛されていた。どの法もいくらでも拡大解釈できて、たとえば「物資不足」を紙面で暗示しても処分されたし、日米開戦まぎわには、進行中だった「日米交渉」も論じられなかった。すでに紹介した「東京初空襲」のあとには「敵機来襲に関する記事は陸海軍省の検閲を受ける」ことを義務づけた。

特に適用の範囲がつぎつぎに拡大されて猛威をふるったのは、大正十四（一九二五）年に公布の「治安維持法」である。「昭和」になって、植民地・朝鮮を含む全国で「威力」を発揮して、思想・言論・表現の自由を厳重に縛りつけてゆく。

朝鮮は民族独立運動が盛んだったため、日本の植民地のうち最も治安維持法が適用された地域だった。政党色のない純粋な民族独立運動でみると、一九二五～三三年だけでも、同法違反の検挙者は一万人を超えていた。

この「悪法」は、敗戦の昭和二十（一九四五）年に占領軍の命令で廃止になるまで「昭和」を象徴的に示す存在だった。

しかし、そもそもこの「悪法」は、「政党政治」の先駆といわれた「護憲」政党内閣が二十世紀に制定した法律であった。議会の多数に基づいて合法的に制定されたのである。この事実はほとんど知られていないだけに、古くて新しい問題として思い起こしたい。

ということは、二十一世紀の「護憲」の現在だって、国会で多数を占めれば可能であることを意味する。二〇一八年現在だって、「政権批判」が激しくなるたびに、一部の政治家の言動には、「報道抑制」への「郷愁」がちらついているではないか。

もしも「護憲」そのものが崩壊したらどうなるのだろうか？

ところで本書のいちばん最初の扉の裏に、「戦争が廊下の奥に立ってゐた」というなかなか怖い「俳句」を掲げてあるのを思い出してもらいたい。

これは、前にも述べたように、昭和の初期に俳句の伝統に束縛されない「新興俳句」を推進した俳人、渡邊白泉の同十四（一九三九）年の作品である。

白泉は「戦争の予感」を詠んだこの句などによって、時代の空気を的確に表現したために、同十五年、「治安維持法」によって逮捕され執筆を禁じられた。

その翌年、あの太平洋戦争が始まったこともすでに述べた。

今日では「昭和初期」という時代を象徴的に示す傑作と評価されているが、当時はこのような極小の詩歌まで弾圧の対象になったという歴史を忘れてはならない。


さて、ベルリンのＩＯＣ総会で四年後の次のオリンピックは東京と決まったのに、中国大陸への侵略戦争が泥沼状態になってしまったため返上した。

再び東京に巡ってきたのは、戦争が敗北に終わってから間を置いた昭和三十九（一九六四）年のこと。二十八年もの「遠回り」だった。

この東京オリンピックのころ、ぼくは南極海へ鯨資源調査の航海に出かけるのである。

◆

中澤俊輔『治安維持法　なぜ政党政治は「悪法」を生んだか』（中公新書）

第三章　東京二〇二〇年にむけて「国家総動員法」？

「白鯨」はいずこに？

サッカー・W杯ロシア大会で、日本代表の活躍が日本中を沸かしていたちょうどそのころ、東京湾で鯨の姿が発見されたと知って、ぼくはひどく不安になった。

朝日新聞夕刊に、釣り船船長の内木章人さん撮影の「鯨の写真」が掲載された。水面から体半分ほど飛び出したところのもので、体長約十五メートルだという。

あの狭い海で、もしも船舶にぶつかったら大変だ。人間に被害の出る恐れもあるし、そうなれば鯨だってただではすまない。群れからはぐれたのか。何ごとも起きないうちに鯨よ、無事に外海に出ていっておくれ！　そう願った。

それにしても、なぜぼくは、そんなにも鯨に想いを寄せるのか？

昭和三十九（一九六四）年秋の東京オリンピックのころぼくは、当時の東京水産大学の練習船「海鷹丸《うみたかまる》」（一四五二トン）の南極海航海に同乗した。

学生たちの卒業航海であり、南極海の資源調査でもあって、鯨の専門家や元・捕鯨船の船長、地磁気調査の学者などもいっしょだった。

鯨そのものだけではなく、鯨が食べているユーハウジアという南極沖アミの調査も目的だった。鯨の巨体を育てているのだから、栄養満点のはずで、人間の食料に利用できるかも知れない、という期待もあった。

四カ月にわたる航海は、いい意味での「昭和」の船旅で、まさに快適のひとことに尽きる。そもそも、「平成」だろうとその先の時代だろうと、「鯨調査」の船旅なんて、もうあり得ないだろう。

なにしろ、まだ人工衛星もあがっていない時代だ。日本との連絡は、船の通信士まかせの「ツートンツートン」の無線のみ。つまり、電話も鳴らなければテレビもない毎日だった。

原稿を送る場合は、船の通信士が「ツートン」と銚子無線局に送り、そこから片仮名の電報として朝日の東京本社に届けられ、それをまた連絡部員が普通の原稿に書き直す、という大変な手間をかけることになる。だから、なるべく書かないようにしよう、とナイショで思い定めていた。帰国してから夕刊に十回の連載をしたけれど。

（ついでに報告しておけば、昭和三十六年ごろ、雪の富士山五合目から伝書鳩で原稿を送ったことがある。おそらく日本新聞史上、伝書鳩を使った最後ではなかっただろうか？）。

船長室の隣の個室を与えられたから、ウイスキー三ダースをもちこんで、酒好きの小沢敬次郎船長や大酒飲みの鯨博士、奈須敬二さんたちと夜な夜な飲みながら、鯨や海鳥の話に興じていたのである。

伊豆出身の船長は、老後の夢を語ってくれた。昔、村などにあった「火の見やぐら」を庭に建てて、そのテッペンに座って海を眺めて暮らすのだ、と（その夢を果たさないうちに亡くなってしまわれたのは悲しかったけれど）。


昼間は元捕鯨船船長たちと船橋の上の見張り台に立って、双眼鏡を手に鯨の発見に努めた。ねらいは、すでに捕獲禁止になっていた体長三十メートルもあろうというシロナガスクジラだ。地球上、最大の動物である。

旧約聖書は、「神は海の大いなるけものを創造した」といい、中国の古書は、「鯨ハ海底ノ穴ニ暮ラシ、穴ニ入レバ水ガアフレテ潮流トナリ、干満ハ鯨ガ穴ニ出入リスルセイデアル」といっている。

「鯨」という字の「京」は大きな丘という意味であり、数でいえば「京」は兆の一万倍だ。

古代ギリシャの哲学者アリストテレスは、二千数百年も前にすでに「鯨は人間と同じ哺乳動物だ」と語っていた。


毎日、上甲板に棒立ちになって双眼鏡で観察していたが、ぼくたちはついにシロナガスクジラを発見することはできなかった。

なぜならば、アメリカも北欧諸国も日本も、もう長年にわたってシロナガスクジラを追いかけてきたのだから無理もない。アメリカなどでは、石油が実用化するまでは、食料とするよりもランプの油として重要だった。そのような、長年にわたる乱獲の後遺症は深刻なのである。

そのかわり、体長五、六メートルのゴンドウクジラが、群れをなしてオナラのような鼻息を響かせながら船の周りを遊び回ってくれた。小さな自分たちは、ニンゲンにねらわれない、と知っているかのようだった。

ときにはボートをおろして氷山のかけらを拾い、夜、それでウイスキーのオンザ・ロックをやると、ピチピチと氷の溶けるかそけき音がした。何万年も前に、氷河の氷の中に閉じこめられた空気が弾ける音なのである。

部屋に積みこんだのはウイスキーだけではありません。鯨について、百科全書的で、しかも壮大な叙事詩的巨編、一八五一年刊行のアメリカ文学の傑作『白鯨』（ハーマン・メルヴィル作、岩波文庫上中下三巻、八木敏雄訳）を船中での座右の書とした。

捕鯨船「ピークォッド号」のエイハブ船長は「白鯨（モービィ・ディィック）」に片足を食いちぎられて、復讐の怨念に燃えて太平洋、大西洋、インド洋にこの鯨を追う。憎悪ばかりか、世界の不条理に対する復讐の念も含まれている。最後は、偏執的復讐心の犠牲になって白鯨とともに海中に消える。

それまでの「ピークォッド号」の航跡は、北米ナンタケットを出て大西洋を南米ラプラタ川沖まで南下、南アフリカの喜望峰を回ってスマトラ付近から太平洋に出る。その後「日本沖漁場」まで北上したあと南下し、赤道付近に至ってエイハブ船長念願の「モービィ・ディック」に遭遇する。

ジョン・ヒューストン監督、グレゴリー・ペック主演の映画『白鯨』も、なかなかよかった。白鯨とともに沈んでいく船長の手が、まるで仲間のみんなを招き寄せているように動くのが凄かった。


ずっとのち、ぼくは街角の「スタバ」、すなわち「スターバックス」でコーヒーをするたびに、あの「海鷹丸」航海で眺めた青銅色に輝く海を思い出す。甲板に腰掛けて、食後のアイスクリームをなめていると、青銅色の波が押し寄せて、船をもちあげては消えてゆくのだった。

古代ギリシャの神話の海は「葡萄酒色《ぶどうしゅいろ》」なのだが、ここ南太平洋や南極の海は、深い青銅の色をしていた。「白鯨」に破壊された捕鯨船は、多くの船員とともに深淵に消えてゆく。そのあとの海面が、「五千年前と変わりなくうねりつづけた」という描写が、ぼくの記憶の海の姿に重なって浮かんでくる。

ちなみに「スターバックス」という名前は、エイハブ船長と運命を共にした「一等航海士スターバック」から来た店名なのだ。

あの海の旅の話になるとキリがない。さっさと、次の鯨問題に話を進めなければならない。南極の海での商業捕鯨もまた「昭和」という時代を彩る象徴的な存在であったが、同時にそれは、世界的な歴史の広がりを示している大きな存在なのでもあった。

鯨について考えることは、世界について考えることに通じているのだ。そのことをスウェーデンの首都ストックホルムで教えられるのである。

◆

『白鯨』邦訳の、新潮文庫、講談社文芸文庫はそれぞれ上下二巻、岩波文庫は三巻。

巽孝之『「白鯨」アメリカン・スタディーズ』（みすず書房）には日本のマンガ版の解説もある。

鯨にはお世話になった

捕鯨問題は、いまも古くて新しいモンダイでありつづけている。

二〇一八年九月十四日には、ブラジル南部のフロリアノポリスで開かれた国際捕鯨委員会（ＩＷＣ）総会で「商業捕鯨再開案」が否決されて、日本は脱退も視野に入れなければならない苦境に立たされている（脱退すれば調査捕鯨もできなくなるのだが……）。

いまも町に鯨の刺し身を供する居酒屋はあるけれど、わずかに近海で漁を「黙認」されている小型のクジラを、ぼくたちはいささかうしろめたい気分で賞味している。

南極の海の旅からいくばくかの歳月を経たあと、英語の勉強のためにイギリスに渡った。そのころ会社には、一年間の「語学留学」という結構なシステムがあった。怠け者のぼくがいまさら語学でもないけれど、そんなわけでロンドン暮しとあいなった。

昭和四十六（一九七一）年秋の昭和天皇・皇后のヨーロッパ旅行に同行取材のあと、そのまま英国に滞在して、翌年秋には、西ドイツのミュンヘンで開かれるオリンピックの取材をするというフクミもあった。

ロンドンのぼくの住まいは、ハイド・パーク（公園）にも自然史博物館にも近い場所で、ミルクを配る馬車がのんびりと行く静かな一角であった。それでも、すぐ近くにパブ（居酒屋）が三軒もあったのは「好都合」であった。

天皇・皇后のご旅行に同行取材したあとの昭和四十七（一九七二）年六月、スウェーデンの首都ストックホルムで開かれた「第一回国連人間環境会議」の取材チームに加わることになった。東京から来た朝日チームのキャップは、朝日入社後の最初の任地、盛岡支局でいろいろ教えられた先輩、木原啓吉さんだった（のち千葉大学名誉教授。かつて支局の松本支局長に勧められて環境問題に取り組み、その権威になった。故人）。

いまは亡き、女性記者の草分けの一人、松井耶依《まついやより》さんは、不自由な体ではるばるやって来た「水俣病」の患者のみなさんにつききりで奮闘していた。

これといった取り柄のないぼくは、ブラブラといろいろな研究部会をのぞいて歩いていたら、捕鯨問題が討議されているのに気がついた。

捕鯨の歴史は古く、十世紀ごろに遡る。十八世紀に全盛期を迎え、北欧諸国やアメリカが世界の大洋に捕鯨船を送った。アメリカのそれは日本近海にも及んだ。先に語ったメルビルの大小説『白鯨』はそのころの物語だ。

幕末にアメリカの軍艦、いわゆる「黒船」が日本に来航して開港を迫った理由の一つは、捕鯨船への水・食料・燃料などの補給のためでもあった。飛躍していうなら、江戸・日本は鯨のおかげで外国人排除の「攘夷」を脱し、近代へと船出したのだ。クジラよありがとう！

鯨のことなら、南極海まで調査に出かけたオレさ、なんていう気負いはなかったけれど、丹念に傍聴していたら「捕鯨禁止」の提案が出たのでビックリ！　大慌てで原稿を書いた。「鯨には長年にわたってお世話になってきたけれど、そろそろお別れの時が近づいているようだ」という記事を送った。「鯨にはお世話になった」という見出しが大きく紙面を飾った。

戦後の食料難の時代に、日本は大型母船を中心に、小型で高速のキャッチャー・ボート（高速捕鯨船）数隻がつく「捕鯨船団」を組んで南氷洋ではなばなしく鯨を獲った。「昭和」初期と戦後の花形だった。

船団の出発にあたっては、ブラスバンドの演奏に送られて、まさに「捕鯨日本」の雄姿だったのを、ぼくは白黒スタンダードのニュース映画でみて感激していた。

それは学校給食などに供されて、ぼくたち子どもにとって重要な栄養源になった。敗戦のせいで食料難だった時代に、文字どおり「鯨にはお世話になった」のである。

しかし国連人間環境会議という重要な公式の場で、「捕鯨禁止」が史上初めて決議され、「商業捕鯨」の十年間禁止を宣言して、国際世論に呼びかけたのである。

すぐには実行されなかったが、国際捕鯨委員会（ＩＷＣ）は一九八二年に「商業捕鯨」禁止の方針を決定した。日本は異議を申し立てたが、アメリカの圧力で八七年に「商業捕鯨」を停止し、南氷洋での調査捕鯨だけになった。いまでは「調査捕鯨」と沿岸捕鯨のミンククジラのみになっているが、これすらも国際間の批判にさらされて紛争の因《もと》になっている。

和歌山県の南東部、熊野灘に面する古い町の太地《たいじ》は、日本の捕鯨業の発祥の地として知られる。慶長十一（一六〇六）年、「もり突き法」による捕鯨が始められた。この古い土地で、捕鯨は歴史であり伝統文化なのだ。だが、海外から自然保護団体の人びとがやって来て捕鯨を糾弾していたりする時代に、伝統をどう保持するか、なかなか難しい問題である。

クジラにすっかりお世話になってきたぼくたちにとっても、切実な、古くて新しい問題でありつづけるのである。

Ｗ杯騒ぎのおりから、東京湾に迷いこんだ鯨の運命を気づかうのは、以上のような経緯があったからであると、ご理解いただければ幸いである。

ストックホルムの国連会議で、昼間はそれなりに走り回って、夜（といっても白夜だけれど）は大きな岩窟の中のレストランなどを探し出して、雷鳥（！）のスフレやトナカイのステーキをワインでやっていた。

その幾日目だったか、ホテルで夜中に激しくドアをノックする音でたたき起こされた。ヨロヨロと酔眼（いまだ耄碌翁《もうろくおう》にはあらず！）をこすりながら戸を開けると、パジャマ姿の木原啓吉キャップが立っていた。

「東京からデンワで、君にすぐテルアビブに飛んでくれ、といってきた。そこで日本の若者が、何だか大事件をやらかしたらしい」

すぐにチーム全員を起こして、旅費のために手持ちのドルを全部供出してもらった。タクシーを呼んで、夜中の空港に駆けつけたのだが、さて北欧のストックホルムから地中海沿岸のイスラエルに、どう飛んだらいいのだろうか？

昭和四十七（一九七二）年五月、テルアビブ国際空港で、「日本赤軍」を名乗る日本の若者三人が銃を乱射して旅客二十六人を射殺するという事件が起きたのである。

血の海を歩む

　国連人間環境会議の取材で泊まっていたホテルで夜中にたたき起こされたが、イスラエルの大きな都市といえば、すぐに思い浮かぶのは「聖都」エルサレムであって、テルアビブはあまりなじみがない。

　仲間みんなに供出してもらったドルを懐に、とにかく夜中の便でスイスのジュネーブまで行き、そこからテルアビブ行きのフライトをつかまえることになった。

　わかっていることといえば、東京から知らされた、日本赤軍を名乗る日本人の若者三人が空港で銃を乱射して多数が死亡、ということのみ。

　夜中のフライトはガラ空きだった。機窓からのぞくと、北斗七星だろうか、漆黒の虚空に大きく傾いてかかっているのがみえ、不安をかきたてる。

　夜明けにイスラエルのテルアビブ・ロッド空港に着いたが、機長の命令でぼくは機内に止めおかれた。乗客のうち日本人はただ一人だった。三人のイスラエル軍兵士が、自動小銃を構えながら機内に入ってきた。ぼくに銃を突きつけて、アゴで外に出ろと命じる。ジープに乗せられて、空港ビルを離れて真っ暗闇の中を突っ走った。

日本人が事件を起こして間もなくやって来た新手の日本人だ。警戒されるのも無理はない。まさか殺されはしないだろう。そう割り切って応対した。兵士ばかりの建物に連れてゆかれて、厳重な検査を受け、「太田胃散」もなめてみせた。

「無罪放免」となり、あらためて空港ビルに連れ戻された。荷物を受け取ってホールに出た。白い石の床は、一面、血で真っ赤に染まっていた。血のりはすでに拭き取られていたが、床は赤くなまなましく染まったままだ。その真ん中を、血の跡を踏んで歩くしかない。最初の一歩を踏み出すのがためらわれた。

窓の外には大勢の人が群がって、こちらを見詰めている。刺すような激しい視線を感じながら歩いた。うつむいてヨロヨロと、全身でわが同胞が申し訳ないことをしでかした、すみません、という気持ちをにじませているつもりだった。

「日本赤軍」を名乗る岡本公三《おかもとこうぞう》ら日本の若者三人が、到着旅客でごった返すホールで自動小銃を乱射、手投げ弾も爆発させて、二十六人が死亡した現場だ。

若者三人のうち二人は手投げ弾で爆死したが、岡本だけは生き残って逮捕された。

三人はベイルートからパリ、フランクフルトを経由してローマに入り、ここでエールフランス機に乗りこんだ。その間、手荷物は検査されたが、スーツケースを開けようとする者はいなかった。ロッド空港は混みあっていた。ベルトコンベアでスーツケースが出てくると、三人はそれを開いて立ちあがった。チェコ製の自動小銃が握られ、スーツケースの中には手榴弾が詰まっていた。

イスラエル軍の軍事裁判にかけられることになった。しかしなかなか始まらないので、ぼくは国内のあちこちを巡り歩いた。その旅についてはあらためて次の項で語りたい。

ところでちょっと私事になるが、事件を受けて東京から「お詫び」の特使が到着した。自民党の大物代議士、福永健司《ふくながけんじ》さんだった。埼玉県選出の福永さんは浦和高校サッカー部の名誉後援会長で、かつて広島国体で優勝したときも応援に来てくださった人である。

空港で記者会見となったとき、ぼくの顔に気がつくと、「おお！　坊や、ここで何してんだ？」と大声を張りあげた。いつまで経ってもサッカー部の「クツワダ少年」だ。

会見のあと、「タカフミ君、ちょっと聞きたいのだが、ぼくがこうやってお詫びにくることについて、こちらの人びとは、どう受け止めているんだろう？」と尋ねられた。

日本政府が「過激派」の犯した事件で謝罪の特使を出したのはおかしい、という論がヨーロッパにあったからだ。どこの国の政府も、「ゲリラ活動」が世界に広がれば、自国の国民がその仲間に加わっている可能性が高くなると懸念している。加わっていても、わが政府に関係なし。それで通そうというのが一般的な態度だ。

しかし、日本国民の心情は、そうは割り切れないだろう、とぼくは考えていた。なにしろ日本人ゲリラによる襲撃事件で大勢を殺した、などというのはこれが初めてだった（もしも、どんどん増えていったら、そうはいかないだろうが）。

イスラエルの人びと、つまりユダヤ人の心情には、日本人に近いところがあるように感じていた。事実、特使派遣のニュースには、ほぼそのような反応があった。

「ここの人びとは、素直に受け止めているようですよ」と答えたら、「おお、そうか」と喜んでくださった。


さて法廷でぼくは、「なぜこの若者は、日本から遠く、しかも日本とは関係の薄い国で、二十六人も殺害したうえ、仲間二人も死なせてしまうような行為をしでかしたのか？　なぜだ？」と自問していた。

表情からもその「なぜだ？」を見逃すまい、とじっと見詰めていた。しかし、その顔は、たとえば日本の町のどこにでもいるような、ごく平凡な若者のそれにすぎなかった。人格としての「輪郭」の定まらない、「凡庸」ともいうべき風貌で、つかみようがなかった。

ぼくは心の奥で、たとえば「非情」というような「紋切り型」の表情を求めていたのだろう。だって、どこにでもいるような、「凡庸」な若者が、こんな恐るべき殺戮を行なえるはずがない。

「死んで、オリオン座の三つ星になる。子どものころ、死ぬと星になると教えられた……空港で命を落とした人たちも星となっているはずだ。革命は続き、空の星は数を増すだろう」

凡庸な若者のこの発言に、ぼくはひどく驚かされた。なぜならば、一新聞記者としてごく「常識的」に平凡に、反省や謝罪の言葉を期待していたからだ。

岡本は「終身刑」の判決で収監されたが、昭和六十（一九八五）年五月、イスラエル政府と「パレスチナ解放人民戦線（ＰＦＬＰ）」の間で交わされた「捕虜交換」によって釈放された。ＰＦＬＰのメンバー多数がイスラエルの捕虜になっていたのだ。

イスラエルと敵対している隣国のレバノンが、釈放された彼の政治亡命を認めた。亡命してから彼は、日本のマスコミの取材を受けて、空港で死んだプエルトリコ人たちには哀悼の意を表明している。

その際本人は、あれはテロではなく武装闘争だとも語っているのだけれど、あのときに殺害された人の大半は、ＰＦＬＰの「武装闘争」相手のイスラエル人ではなく、エルサレムへの聖地巡礼にやって来た、カソリック教徒のプエルトリコ人たちだったのである。

プエルトリコとは、コロンブスが一四九三年に「発見」した島で、西インド諸島中部にあるアメリカの自治領。住民の大半はスペイン系とアフリカ系黒人の混血で、山地には先住民インディオも若干残っている。

「日本赤軍」のこのテロ事件については、『ミュンヘン』(ハヤカワ文庫)という書名で、「オリンピック・テロ事件の黒幕を追え」との副題のついているノンフィクション作品が詳しい。スパイ小説の作家マイケル・バー・ゾウハーとイスラエル政府のある元幹部による著作だ。題名と副題が示すとおり「ミュンヘン・オリンピック」における「パレスチナ・ゲリラ事件」が大きく占めるけれど、イスラエルの空港での「日本赤軍」事件にもページを割いている。なぜならば、どちらも「黒い九月」という名前の秘密組織による、一連のゲリラ襲撃事件であるからだ。

「凡庸」にしかみえない日本の若者は、一新聞記者の底の浅い「常識」をはるかに超えて、「黒い九月」という名の、大きな国際ゲリラ組織の一部として活動していたのだ。

毎日新聞出身の鳥越俊太郎《とりごえしゅんたろう》さんは以前、テレビのリポーターとしてレバノンにいる彼に会うことに成功している(その動画はインターネットで観ることができる。いまとなっては貴重な記録である）。

「黒い九月」という組織は、まさに「パレスチナ問題」そのものの中から突出してきた秘密組織だ（のちに説明したい）。

武装闘争だろうと何だろうと、どのような理由があろうと、一般の民衆を殺害するような暴力は絶対に容認できない。これは、きわめて常識的な原則である。と同時に、イスラエルがパレスチナの人びとに対してふるっている軍隊による暴力も、もちろん容認できない。その狭間で、ぼくの思考はいまも、いつも揺れつづけているのである。いつも「なぜだろうか？」と考えるように努めながら。

これらを総括して、かねてから「パレスチナ問題」と呼ばれてきたが、トランプ大統領の登場によって、二〇一八年現在の「最も新しい問題」になってしまった。

このテルアビブの「日本赤軍」事件は、ぼくにとって初めての「パレスチナ・ゲリラ事件」だった。これ以後も、中東で同じ系列の事件はつづく。

「なぜ？」ならば、「パレスチナ問題」は遠くは第一次世界大戦、近くは第二次世界大戦に根源があって、その根源は二十一世紀のいまになっても、さまざまに姿を変化させながらも存続したままであるからだ。
「なぜ?」ならば、パレスチナが、「第三世界」に対する欧米の、あからさまな差別・抑圧の象徴でありつづけるからである。

ところで、「昭和」生まれのぼくは、何ごとも、西暦よりも「昭和」という日本の元号を区切りにして考えるクセがついている。西暦○○年といわれると、老人っぽいと笑われようと、すぐに元号に換算して考えてしまう。

だから中東イスラエル・ロッド空港の「日本赤軍」事件も、ぼくにとっては「昭和」の事件なのだ、と無意識のうちに思いこんでいたのである。しかし、法廷で傍聴しながら、そのようなぼくの認識、自覚に微妙な変化が生じているのに気がついた。

「昭和」や太平洋戦争という「日本史」的な視点だけから考えるのではなく、もっと広く「世界」という視点に立って考えたらどうか? 太平洋戦争はイコール第二次世界大戦なのに、日本人にとっての太平洋戦争には、世界大戦という認識が欠落している。

日本から日本のことを考えるのではなく、日本列島が真ん中に描かれている日本製の世界地図を頭から追い払って、「中東」から日本と世界を見詰めてみれば、どうか?

「中東」とは、ヨーロッパ人が考えた地理の用語（Middle East）で、極東とヨーロッパの中間にある地域のことだ。東と西の真ん中、という意味だ。だから本来は「中東」を真ん中に描いた世界地図こそが、偏《かたよ》りのない「公平」な姿なのだろう。

その世界地図でみれば日本列島は「極東」で、イギリスは「極西」だ。世界の歴史からみれば、イギリスはしきりに「中東」にチョッカイを出してきたけれど、日本は東の端で、「石油」問題が生じるまでは、われ関せずで生きてきた。

それがいまや、日本の若者が「世界の真ん中」にやって来て、いきなり二十六人もの無差別殺人をする。しかも、イスラエルを敵とみなす「兵士」としてやったのだという。「兵士」と自称する若者の証言を耳にしながらぼくは、そんなとりとめのないことを愚考していた。

◆

酒井啓子『〈中東〉の考え方』（講談社現代新書）
池上彰・佐藤優『大世界史　現代を生きぬく最強の教科書』（文春新書）

イスラエルの旅

テルアビブのテロに対するイスラエル軍の軍事法廷がなかなか始まらなかったときに、この地をあちこち巡り歩いたのが、大いに勉強になった。

なにしろ、遺跡の下にまた遺跡が埋まって、何千年にもわたる歴史が重なっている土地だ。「なぜか？」といえば、古代の中東では、町や村落が滅びると土砂や瓦礫に埋まってしまい「テル（アラビア語で丘のこと）」になる。その上にまた人が住む、というくり返しがつづいてきたからだ。

その後、何回かイスラエルを訪ねている。もちろん長い歳月のうちに、特に都市部では都市化が進んでいたりしてかなり変化しているけれど、「日本赤軍」の事件で初めてイスラエルに行ったときの印象は、必ずしも色褪せてはいない。

裁判開始を待っていたら、テルアビブのコンサート・ホールで、世界的巨匠ウラジミール・アシュケナージのピアノで、イスラエル交響楽団によるブラームスのピアノ協奏曲という凄い演奏会があるときいた。切符は入手困難なので日本大使館の人に相談したら、うまい具合に購入してくれた。

第二次世界大戦が終わって一九四八年にイスラエルが建国されたとき、国連は、エルサレムを国際管理都市と定めた。なぜならばそこは、ユダヤ教、キリスト教、イスラム教の聖地だから。日本はもちろん世界各国は大使館をテルアビブに設置したのである。

テルアビブは、あまり特徴のない近代都市だが、聖地エルサレムの、歴史が何重にも積み重なった壮大な眺めには圧倒される。迷路のような街を歩いていると、オレはいまどの時代にいるのだ？　と「歴史の迷路」に踏み迷っているような気分になる。

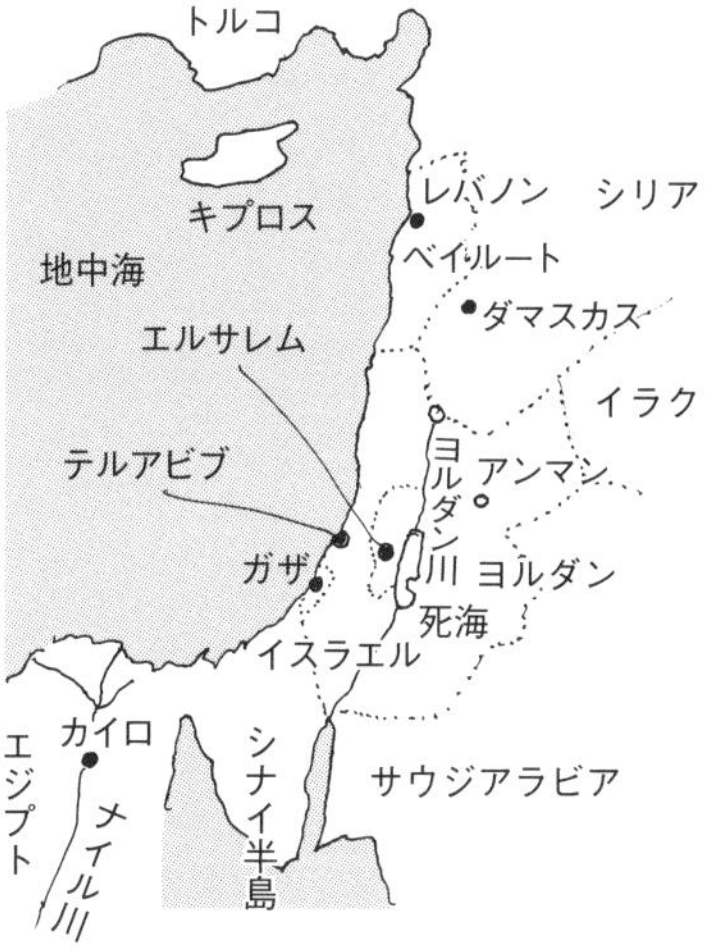

流血の紛争が続く中東の国々（著者作図）

ユダヤ教徒だったイエス・キリストがユダヤ教を批判して「キリスト教」が生まれ、そのキリスト教をアラブ人のムハンマド（日本では「マホメット」と呼んできた）が批判して「イスラム教」が生まれた。

エルサレムの中心にある「嘆きの壁」とい

う巨大な石垣は、古代イスラエル王国の神殿の遺構とされて、ユダヤ人の聖地だ。黒い帽子を頭にのせた人びとが、石垣に顔を寄せて祈っている。歴史を想ってか、泣いている人もいる。

その上の広場には、巨大な丸屋根が黄金色に輝く「岩のドーム」がある。ムハンマドが神に会うためにその岩から天に登った場所とされ、イスラム教徒の聖地だ。

聖墳墓教会に近づくと、木の大きな十字架をかついだ一団がヨロヨロと歩んでいた。はりつけになったイエスの処刑を、追体験しようという恒例の儀式である。古色蒼然たる教会には、「十字架が立てられた穴」というのまであってビックリした。キリスト教徒の聖地だ。

歴史に酔ったような気分に浸りながら「聖地巡り」をしている異教徒のぼくは、あちこちでつい「まゆにツバ」をつけたくなるが、わが仏教だって神道だって「まゆツバ」ものの「奇跡」がいくらもあるじゃないか、と気がついて「反省」した。

「なぜ?」三つの宗教の聖地が一カ所に集中しているのだろうか?「神さま」が同じだからだ。どれも「唯一絶対の神」を信仰している。「唯一」なら一つしかないのでは!

イスラエルは建国後、何度もつづいた中東戦争によってエルサレム全体を占領し、国連の決定を無視して首都と宣言した。

アメリカの国会はそれを認めているが、歴代大統領は周辺のアラブ諸国との争いを懸念して実行を先送りし、大使館はテルアビブに置いたままできた。

ところが二〇一七年、トランプ大統領がアメリカ大使館をエルサレムに移転すると言明したため、予想どおり紛争が起きた。デモ、投石がつづき、イスラエル軍兵士が死亡すると、イスラエル軍は大規模な報復攻撃に出て、今度は大勢のパレスチナ人が死ぬといった「死の悪循環」がつづいている。

「なぜ？」トランプはそんな危険なことをしたのか？　大統領選挙で公約しているからだ。「なぜ？」公約したのか？　トランプ大統領の国内支持基盤はキリスト教福音派であるからだ。福音派は「旧約聖書」の記述を信じている多くの人びとからなっており、「旧約聖書」は、イスラエルの公用語であるヘブライ語で書かれ、ユダヤ教、つまりイスラエル国民の宗教の教典なのだ。

アメリカの宗教事情は、日本のメディアの怠慢のせいで意外に日本では知られていない。たとえば、猿が進化して人間になったという「進化論」を学校で教えてはいけない州がある、と聞くとビックリするのである。

「なぜ？」ならば「旧約聖書」は、神が泥をこねてニンゲンを創造なさった、と説いているからである。だから猿が進化して人間になっただなんて、とんでもない！　というわけだ。

イスラエルをはじめ中東の国々を歩きながら、「パレスチナ問題」の奥深さに気づくのだった。ぼくも人後に落ちないが、どうも日本人は、この問題が不得意のようだ。

世界を騒がせている出来事の多くは、この問題をあるていど理解しておかないと、何でそんなことが起きるのかわからないだろう。

数千年の昔、ユダヤ人はパレスチナ地方に王国を築いていたが、衰退、滅亡して散りぢりになった。

そのころの歴史をいきいきと物語る史跡はそれこそゴロゴロとある。エルサレムだけなら徒歩でもみて回ることができるが、ちょっと足を延ばせば凄いものにお目にかかれる。たとえば「死海」の南岸にあるユダヤ人「玉砕」の地、世界文化遺産の「マサダ砦」などがそれである。

標高四百メートルの岩山の頂上の要塞は紀元前百年ごろ築かれた。その後、幾多の変遷があり、西暦七十年、エルサレムがローマ軍に陥落されたあと、ユダヤ人たちはここを最後の砦と立て籠もって抵抗。この砦で、九百六十人が捕虜になることを拒否して自決したのだ。

宮殿、住居、貯水槽などの跡が見事に残され、眼下には、死海はもちろん、包囲していたローマ軍の砦跡がくっきりと望める。現在はケーブルカーで登れるが、ぼくは往時をしのぶつもりで歩いて登った。極度の乾燥で、汗は出るとすぐに乾いてしまう。

ユダヤ教は自殺を禁じているのに、なぜここが「聖地」とされているのだろうか？　これは、一九四八年のイスラエル建国の精神ともかかわる難しい問題である。「最後の一兵まで戦う」というイスラエル人の意思を「マサダ・コンプレックス」と皮肉をこめて呼ぶ人もいる。

離散したユダヤ人から、学者、芸術家、資本家など偉大な人物を大勢輩出しているが、キリストを殺害した張本人というような宗教的理由や、民族的な生活習慣の違いなどによって、ユダヤ人は各地で迫害を受けてきた。その最も残酷な行為として象徴的なのが、第二次世界大戦時のヒトラーによって、ここだけでも百六十万人以上が虐殺された「アウシュビッツ」である。虐殺総数は、各地あわせて六百万人！

①世界に散ったユダヤ人は早くから、民族を守るには自分たち自身の国家が必要だと考えて運動（シオニズム）を進めてきた。

②一方アラブ人たちは、トルコ帝国の広大な領土の中で、部族ごとにバラバラに暮らしてきた。「アラブは一つ」という「大義」を掲げた民族主義が次第に目覚めてゆく。

③そして第一次世界大戦。ドイツとオスマン・トルコ帝国がイギリス・フランスなどと戦ったこの世界大戦のとき、イギリス・フランスの両国は、「わが方が勝利したらパレスチナに国を創らせてあげるよ」と、ユダヤ人、アラブ人両方とそれぞれに「密約」を交し、戦争への協力を頼んだ。

④もともと守れるはずのない約束である。戦争が勝利に終わるとヨーロッパ諸国は、トルコ帝国の領土を勝手に「山分け」してしまった。

⑤第二次世界大戦が終わるとヨーロッパの諸国は、今度は石油の利権を手に入れるために、広大な砂漠に勝手に国境線を引いた。

⑥こうして誕生したのがクウェートである。そして、その地はわが領土だと強く反発したのが、早くにイギリスの委任統治領から王家になり、クーデターで共和国になっていたイラクである。

⑦ユダヤ人は一九四八年、国連の承認のもと、かつて王国のあったパレスチナにイスラエル国家を樹立した。

もともとその地方には大勢のパレスチナ・アラブ人（パレスチナ人）が暮らしていた。国連は、このパレスチナの住民の意思とはまったく関係なく、問いかけることもなく、ユダヤ人国家を承認したのだ。

⑧ユダヤ人国家の成立によって、今度は、もともとそこにいたパレスチナ人が難民化して、周辺のアラブ人国家に離散していくはめに陥った。こうして彼らは、ユダヤ人に自分たちの土地を奪われたと考えるようになったのである。

周辺のアラブ人の国、エジプト、シリアなどはイスラエルの建国に反対して、何度も大規模な戦争（中東戦争）になった。

パレスチナ人については、将来は「パレスチナ独立国」を目指すための、とりあえずの方法として「自治区」を設けた。それによって一応大規模な戦争はなくなっているが、流血の「紛争」は依然としてつづいたままだ。これが「パレスチナ問題」である。

イスラエルの強大な戦力に、パレスチナ人たちは投石やゲリラ活動で対抗している。これが「パレスチナ・ゲリラ」であって、国際的な大規模組織に広がり、「日本赤軍」もその一つである。

イスラエルの軍事裁判を見届けてしばらくのち、ぼくはロンドンから西ドイツ（当時）のミュンヘン・オリンピックに出発することになる。

「世界文化遺産」のエルサレムなどは絶好の観光地だが、「紛争」を怖がってやや敬遠されがちだ。しかし、とにかく凄いところだ。

◆

中東関係の本は数が多いので、ほんの一例をあげておく。
臼杵陽『世界化するパレスチナ／イスラエル紛争』（岩波書店）
伊藤成彦『パレスチナに公正な平和を！』（御茶の水書房）
板垣雄三監修『イスラーム世界がよくわかる　Q&A100』（亜紀書房）、
内田樹『私家版・ユダヤ文化論』（文春新書）
21世紀研究会編『民族の世界地図』（文春新書）
笈川博一『物語　エルサレムの歴史　旧約聖書以前からパレスチナ和平まで』（中公新書）
山我哲雄『聖書時代史　旧約編』（岩波現代文庫）

ミュンヘンにて

ドイツでは二回、オリンピックが開かれている。一九三六年のベルリンは父が特派員だったことはすでに述べた。そして一九七二年のミュンヘンにはぼくが行った。

ミュンヘンを州都とするバイエルン州は、アルプスをも抱えるドイツ最大の州。かつては王国としてワイマール共和国に加わったが、一九二〇年代にはヒトラーの率いるナチス党の活躍の舞台となった。

第二次世界大戦では連合軍の大爆撃で徹底的に破壊されたが、戦後、ドイツ人は多くの石造りの建造物を昔どおりに復元させた。何ごとにも徹底する民族！

フラウエン大聖堂をはじめ、ルネサンス、バロック、ロココなど、各様式の建造物がいくつもある。

アルコピナコテク美術館は、ぼくが中学生時代に「美術班員」として大いに夢中になった「ドイツ・ルネサンス絵画」の完成者アルブレヒト・デューラー（一四七一〜一五二八）のコレクションで有名なところ。

メイン競技場は、アクリルを効果的に用いた巨大な屋根が凄かった。スタジアムは、芝生の美しいいくつかの丘に囲まれている。戦災の膨大な瓦礫を集めて丘を造成したのである。芝生に美しく覆われている丘は、市民の絶好の憩いの場所になっている。戦災復興の手本、といわれるのはもっともだなぁ、と感心した。

ヒトラーが最初の演説をしたという伝説的なビヤホールは、日本人観光客がかならず訪れる名所だ。「おばはん」たちが、丸太のような腕で、ビール満杯の大きなジョッキをいくつも抱えて配り歩く姿は壮観だった。生大根を薄く輪切りにしたツマミがオツだ。

さて、ミュンヘン大会だが、開会式で珍事があった。ドイツ・アルプスで有名な、巨大なアルペン・ホルンを十数人の民族衣装の人たちが吹き鳴らす予定になっていた。さあ！　と奏者みんなが力をこめて腹一杯に空気を吸いこんだまではいいけれど、どうしたわけか場内アナウンスは「アルペン・ホルン吹奏」を飛ばして、次の演目を告げてしまった。ホルンの一行は、ひどくガッカリした様子で、肩を落として退場していった。まことに気の毒だった。

東京の締め切りすれすれの時間帯だったけれど、たまたまぼくは記者席の電話で東京と話中だった。すぐさま、あらかじめ書いておいた「予定原稿」のその部分を削って、奏者たちガッカリの様子を描写して突っ込んだ。
翌日の各紙朝刊はほとんど「開会式にアルペン・ホルン朗々と鳴り響き」という「誤報」を大見出しにしていた（ウフフフ！）。

しかし、何ごとも正確をむねとするドイツ人が、大舞台でこんな大チョンボをしでかしたのは「なぜ？」だろう、とぼくは考えた。
ユダヤ人をきわめて「効率よく」大虐殺した「アウシュビッツ」によって、ドイツ人の「完璧主義」は恐怖のマトになっていた。それだけにアルペン・ホルンの失敗は、ドイツ人にもイイ加減なところがあるのですよ、というアピールのつもりだったのかも知れない。

ベルリンのときとは違って「国の威信」をアピールするようなおおげさな気配のない、じつに簡素で地方色あふれる開会式だった。
ヒトラーのナチ大宣伝だったベルリンの悪い思い出をぬぐい去るために「平和と喜びの祭典」と銘打ち、警備もまた、目立たないように気をつかっていたのである。

そのしばらく前だが、共産圏の東ベルリンも訪れている。厳重な検問を受けて街に出たが、西ベルリンのにぎやかな繁栄ぶりに比べると、まるで閑散としていて、武装した警察官の姿ばかりが目立っていた。

そうした息がつまりそうな東ベルリンのあとだけに、ミュンヘンはいかにも明るく豊かで、バイエルンの地方色いっぱいの祭典という雰囲気が楽しく、華やいでいた。警察官の姿もあまりみかけなかった。

バイエルン州はドイツ最大の州で長い歴史を誇り、かつて王国だったこともある。そんな歴史のせいで「自治」と「独立」精神に富んでいる。だから、古代ギリシャの都市アテネに始まるオリンピック本来の精神、「主催者は国ではなくて都市である」という理念が色濃く発揮されているように感じられた。


かつて日本でビールのコマーシャルとして流行していた「ミュンヘン・サッポロ・ミルウォーキー」を口ずさみたくなるようだった。

それがやがて「裏目」に出ようとは、まだ想像もできなかった。


選手たちの宿舎「選手村」も記者たちの「記者村」も、オリンピック後には一般市民の住宅に転用する予定の立派なマンションだった。入っていくと暗い廊下にパッと電灯がつくことに、恥ずかしながらビックリした。その節電方式には、日本でまだお目にかかったことがなかったからだ。

新聞社ごとに大きな仕事部屋と、記者それぞれに居間・寝室があてがわれ、バイキング方式の食堂には美女多数の立派なバーもあった。いうまでもなくぼくは、すぐに常連となった。そんなアホなことをやっては眠りこけていた夜中、部屋のドアが激しくたたかれた。フラフラと起きてドアをあけると、パジャマ姿の深代惇郎《ふかしろじゅんろう》・ロンドン総局長が立っていた。いつもどおりの落ち着いた口調だ。

「選手村でイスラエル・チームがパレスチナ・ゲリラに襲撃されているらしい。すぐ現場に急いでくれるかい」

◆

後藤正治『天人　深代惇郎と新聞の時代』（講談社文庫）は、「伝説のコラムニスト」の生涯を描いたノンフィクションの傑作。

ゲリラの顔をみた

大慌てで着替えて飛び出す。まだ夜明け前で薄暗かった。選手村まで、どれほどあったか覚えていないが、とにかく走った。

ほんの三カ月ちょっと前に、イスラエルの空港で、「日本赤軍」による襲撃事件を取材したばかりだった。あれも、日本人の若者とはいえ「パレスチナ・ゲリラ」だった。軍事裁判の法廷で間近にみたゲリラ「岡本公三」の、まだ幼い顔を思い浮かべた。あの仲間なのだろうか?

いまもまだ「飲み友だち」としてお付き合いいただいている読売新聞大記者の永井梓さんも、走っていた。

正面入り口は閉ざされていた。金網のヘイ沿いにグルリと半回りすると、そこが現場に最も近い場所だった。金網から芝生をへだててほんの十メートルほどのところが「イスラエル選手団」の宿舎だ。狙撃銃をかまえた西ドイツの兵士たち多数が、ものかげに隠れている。ときどき現場らしい部屋の窓があいて、黒い帽子に濃いサングラスの男が顔を出す。ニヤリと笑うこともある。金網越しによくみえるのだ。

驚くべきことに、大勢の人だかりの中には赤ちゃんを乳母車に乗せたお婆さんの姿まであった。朝の散歩に出ていたらしい。時間が経過するにつれて一般の人びとは追い払われて、あとには五百人ほどの報道人だけが残った。背広の男も出入りして、何やら交渉が進められているらしい。

軍の人垣の外で、十数人のイスラエル人学生たちが、イスラエルのシンボルである「ダビデの星」を書いたプラカードを手に、「イスラエル！　イスラエル！　殺人は許さないぞ！」とシュプレヒコールをくり返す。

西ドイツ・バイエルン州の州都ミュンヘンで始まった第20回オリンピック十一日目の九月五日午前四時半、「ブラック・セプテンバー（黒い九月）」のメンバーである八人の「パレスチナ・ゲリラ」が、ライフル、拳銃をバッグに詰めて、選手村の金網をよじ登り侵入した。

遠くからそれをみた警備員は、深夜に行なわれたパーティーから戻った選手たちだと思った。選手たちの夜遊びはなかなか盛んだったようだ。人のことはいえないけれど。

イスラエル選手たちの部屋に近づいて押し入ろうとしたとき、レスリング・コーチが気がつき、「みんな起きろ！」と叫んだ。ゲリラはドア越しに銃を乱射し、コーチは殺された。ゲリラは抵抗した二人も殺害し、選手、コーチら九人を人質にして立て籠もった。そして、「黒い九月」と署名した宣言文を窓から投げた。

要求は、イスラエルに拘留されている二百人以上の「パレスチナ・ゲリラ」と、西ドイツに逮捕されている二人のドイツ人テロリストの釈放だった。

事件はすぐに西ドイツのブラント首相に伝えられ、さらにイスラエルのゴルダ・メイア首相にも伝えられた。メイア首相は即座に、「取引はしない」と答えた。メイア氏は、イスラエル建国の筋金入りの「闘士」として知られている人物だった。

(こうした動きについては、スティーブン・スピルバーグ監督によって映画化もされたノンフィクション書籍『ミュンヘン』が詳しいことは「血の海を歩く」の項ですでに述べた)。

『ミュンヘン』(早川書房)の表紙
ベランダに姿をみせたゲリラ

ぼくたちが金網を通してみていた部屋で、交渉がつづけられていたのである。やがてヘリの轟音が響いた。未明の空をヘリが一機、飛び去っていった。交渉によってゲリラ、人質全員が空軍基地に移動することになったのである。そこからあとは、ぼくらはいわば置いてけぼり状態。交渉によって、エジプトへ脱出する航空機を用意することになったらしい。

空港にはオトリの旅客機が駐機されていたが、イスラエル政府がゲリラとの取引に応じるはずはない。第二次世界大戦が終わった直後の一九四八年、「悲願」のイスラエル建国を果たしたこの国は、周辺のアラブ人諸国と四回にわたる戦争をくり返してきた。「国民皆兵」の国だから、オリンピック選手たちもいわば「兵」なのである。

事件からずっとのちの話になるが、イスラエル政府は、「ミュンヘン襲撃事件」に関係した「パレスチナ・ゲリラ」の「黒い九月」メンバーを探し出して、つぎつぎに報復し殺害していく（前掲書はそれがメイン・テーマ）。

オトリの旅客機は離陸の準備もしていなかったため、疑念を抱いたゲリラ側との間で銃撃戦となり、人質九人、ゲリラ五人の全員と、警察官一人が死亡するという大惨事になった。

西ドイツのマスコミは、軍の対応のあり方を厳しく批判したが、イスラエル政府が交渉そのものを否定している以上、ヒトラー時代のユダヤ人、つまりイスラエル人の大量虐殺について「引け目」を感じつづけているドイツとしては、その言い分に従うしかない。

オリンピックを続行すべきかどうか、世界の世論も当事者たちも大いに迷ったが、オリンピック委員会（ＩＯＣ）のブランデージ会長は、「中止すればテロの暴力に屈したことになる」と主張。追悼式典を終えて競技は再開した。会場の「五輪旗」は半旗のままだ。

ミュンヘンの事件の前にイスラエルの空港で起きた「日本赤軍」の大量殺害事件もまた「黒い九月」による計画的な犯行だった。

「黒い九月」という、何やらミステリアスな名前の組織は何か？

一九七〇年九月十七日〜二十七日に、ヨルダン王国のフセイン国王が実行したパレスチナ人大弾圧にちなむ名前だ。ヨルダンはイスラエル、シリア、イラク、サウジアラビアに囲まれた、人口六百万弱のアラブ人のイスラム教国だ。

一九四八年のイスラエル建国に反対して攻撃を加えた「パレスチナ戦争」で、ヨルダンはかなりの地域を制圧したが、その結果、そこに住んでいた多くのパレスチナ人を抱えこむことになる。

独自の国家をもたないパレスチナ人は、「教育こそが財産」という意識が強く、したがって民度が高い（ユダヤ人に似ている）。しかもイスラエルと、その背後にいるアメリカを敵視している。これが、もともとアメリカ頼りの王に率いられる保守的な国の内政に、大きな影響を与えることになるのだ。

さらに「パレスチナ・ゲリラ」をコントロールする目的で創設された「パレスチナ解放機構（ＰＬＯ）」が軍事力を増大して、国家の中の国家のような存在になっていった。フセイン国王はその扱いに手を焼き、一九七〇年九月ついに軍を動かして弾圧し、少なくとも二千人を殺害した。

隣国のシリア・アラブ共和国はこれを救出するため、数百台の戦車をヨルダン国内に進入させた。フセイン国王はアメリカに助けを求めた。アメリカは、空母と第六艦隊を東地中海に待機させ、同時にイスラエル軍がシリア国境に突進した。シリア軍戦車は退却した。

ヨルダンのフセイン国王はこれで危機を逃れたが、多数を虐殺された「パレスチナ・ゲリラ」は復讐のための組織を立ちあげた。これが「黒い九月」である。

「アラブは一つ」という「大義」を掲げたものの、ヨルダンもサウジ・アラビアもアメリカ寄りで、パレスチナ人だけが独り「アラブ」らしく抵抗をつづけているわけだ。

「アラブは砂漠の砂を握っているのと同じだ。手をゆるめると散ってしまう」という言葉どおりなのだ。

そのサウジ・アラビアから、あの「ニューヨーク同時多発テロ」の首謀者、ビン・ラディンが出てきた。サウジ国内にアメリカ軍基地があるのを非難していた人物だ。

復讐はまず一九七一年十一月二十八日、エジプトのカイロで実行された。観光客で混雑するホテルのロビーで、ヨルダンのタル首相を殺害した。若者が至近距離から放った五発はすべて命中して、首相は「血の海」で絶命した（以上前掲書などによる）。

「黒い九月」の復讐は、はじめこのように「パレスチナ・ゲリラ」虐殺を実行したヨルダン王国に向けられていた。しかし、あの大虐殺の背後にいたのは、イスラエルとアメリカであると考える「黒い九月」は、標的をイスラエルへとむけてゆくのである。元をただせば、土地を奪ったのはイスラエルではないか！　と。

こうしてイスラエルを直接ねらった結果が、テルアビブ・ロッド空港での「日本赤軍」事件であり、ミュンヘン・オリンピックの事件であったのである。

◆

マイケル・バー＝ゾウハー＆アイタン・ハーバー著　横山哲明訳『ミュンヘン　オリンピック・テロ事件の黒幕を追え』（ハヤカワ文庫）

理想と現実

この事件を受けて、ぼくたち、深代惇郎をキャップとするチームも、大会は中止か続行かの大議論になった。

「元・体育会系サッカー選手」だったぼくは、中止したら暴力に屈したことになる、と続行を主張した。

「酔眼耄碌翁」になったいま考えれば、「まあ仕方なかったかな」と、ちと弱々しく想うのだけれど、深代さんが追悼式の翌日の朝刊に書いた「政治の舞台と化す」という文章を半世紀近く経って読み直すと、少しも古くなっていないのを知ってうなるのだ。古代ギリシャの古代オリンピックはいざ知らず、近代オリンピックのすべてにあてはまる「本質」がえぐり出されている。それはサッカーW杯にもあてはまるのだ。長くなるが引用する。

オリンピックを三度見た。競技に酔い、興奮することも事実である。しかし、オリンピックほど、いつわりの事実の上に理念が組み立てられているものは数少ないと思う。ある人はそれを「理想と現実のへだたり」とみるだろう。「現実」に存在しないからこそ、理想が「理想」であるのだと主張するだろう。

しかし年とともに、オリンピックの実相は、ますますその精神から離れていくばかりだ。冷酷にいうならば、自分ができもしないことを、あたかも実現しつつあるかのように思い込ませる組織は、いつわりの組織といわなければならない。

たとえばオリンピックは「政治と無関係」だと主張する。しかし……（後略）。

ここまで読んでくだされば明らかだろう。「政治と無関係」なオリンピックなんて、あっただろうか？　「なぜ？」ならば、巨大化し肥大化したオリンピック（W杯も）は、政治と無関係にはもはや成立しない。

昭和三十九（一九六四）年の東京オリンピックだって、たとえば記録映画の制作ひとつ取っても、監督・市川崑の作品『東京オリンピック』は、オリンピック担当大臣であり政権党の実力者であった河野一郎の「イチャモン」によって改変を余儀なくされた。「芸術的かも知れないが、記録性が足りない」「税金のムダ遣いだ」という「政治圧力」によって、別途に記録本位のものを編集作製した。

なぜ政治家ごときがアートに文句をつけるのだろうか。その資格があるのだろうか？　時の政権は、わが政治の力によって、こんな巨大なイベントが可能になるのだ、と自負しているから圧力をかけられるのである。

そうした考えは必然的に、オリンピックこそ「政治宣伝」の絶好の舞台、という認識になって現れる。その典型が、昭和十一年のベルリン・オリンピックだった。ヒトラーの「ナチス・ドイツ」の宣伝そのもの、「ナチス・ドイツ」という政治そのもののオリンピックだった。あれは、「ナチス独裁」という極悪の政治宣伝だったけれど、「民主主義政治」であっても、「宣伝」であることに変わりはない。


さて、政治の圧力を受けた『東京オリンピック』は、仕方なしに記録主体のものに作り直された。一般公開は、市川監督自身の手でほんの少し修正したものを流した。これが大ヒットとなり、海外では、監督は政治の圧力に負けずに、自分の芸術性を守りぬいた、と勇気ある対応に称賛の声が集まり、一九六六年のカンヌ国際映画祭国際批評家連盟賞に輝いた。

オリンピックの記録映画は当然ながら国際的な評価にさらされるものである。それを日本だけの、内向きのリクツで非難した視野の狭さに呆れ果てる。

ところでぼくは、ミュンヘンを訪れた市川監督と、オリンピックの会場でお目にかかっている。

その時、「Japanese only」の項で紹介したミュンヘン在住の才女、真寿美・ムラキさんが、ベルリン・オリンピックの記録映画、名作の誉れ高い『民族の祭典』を作った女流監督、レニ・リーフェンシュタールと市川さんの対面をセットしてくれた。「レニ」と呼ばれている往年の名監督は、ヒトラーとの協力関係において、戦後長らく「戦犯扱い」されてきた苦悩を語った。

市川監督とレニ。互いの「オリンピック記録映画」について敬意を表しあった。

ミュンヘン郊外の「レニ」の自宅にも取材に行った。七十歳の彼女は写真撮影に熱中していた。しかも、アフリカの原住民や海中の撮影である。

いまもって記録映画史上の最高傑作の一つと評される、あの『民族の祭典』をぼくは何度もみた。記憶をたどれば、いくつもの場面が浮かびあがってくる。

ドイツの大衆文化研究家、平井正さんの力作である『レニ・リーフェンシュタール 20世紀映像論のために』（晶文社）の、詳細にわたる文章を読んだ記憶と混同しているかも知れないけれど、たとえば……。

一〇〇メートル決勝でアメリカの黒人オーエンスが優勝した瞬間のヒトラー。人種差別主義者の、いかにも苦々しそうな顔！

マラソン優勝の、胸に「日の丸」の孫基禎選手。「君が代」演奏のうちに月桂樹の冠を受けるときのこわばった表情。うつむいたままだ。

署名を求められると、日本語ではなく「ハングル」で書く。自分は日本人ではないという自負。

あの記録映画を、次の東京オリンピックまでに、また観たい。世界の歴史とこれからを考える重要な資料となること間違いないと、ぼくは信じている。

さて二〇二〇年に予定されている東京オリンピックである。

立候補の段階から早くも「政治主導」の色が濃厚であった。最終候補地として東京、マドリード（スペイン）、イスタンブール（トルコ）が残った。

イスタンブールが優勢になったが、国内政情が不安定であり、隣国シリアの内戦が響いて失速した。

東京が先頭に立ったが、福島第一原発の汚染問題が欧米のメディアに指摘された。最終プレゼンテーションで、安倍首相が「コントロール下にある」と言明して、最終的に東京に決まった。しかし、福島の原発は、本当にコントロール下にあるのだろうか？

二〇一八年現在で、爆発を起こした原子炉は、放射能の危険が高いため内部の調査も不可能である。

事故による直接の死者は出ていないが、農業の将来を悲観した自殺者や、避難が負担になっての死者など、「原発関連死」は福島県内だけで二千人近い。強制避難、自主避難あわせて一時は十五万人以上が故郷を捨てざるを得なかった。二〇一八年現在でも十二万人となっている。

廃炉にするというのだが、さて、何十年、場合によっては何百年かかるかわからないという。

山側から進入してくる雨水が、原子炉を冷やして放射性物質で汚れた「高濃度汚染水」と合体して膨大な量となり、回収できない汚染水は海に流れこんでいる。たくさんの家々が廃墟になっている。

これを「コントロール下にある」といえるのだろうか。これを「ウソ」というしかないのは、悲しく、残念である。


すでに準備が進められている東京オリンピックも「夏の猛暑」の時期という危険性が、二〇一八年七月の、死者も出る暑さで証明されてしまった。

そこで国内時間を一時間早める「夏時間」を採用しようという案が出てきた。安倍首相も乗り気らしいが、「ＩＴ」の専門家からは、コンピューターの調整は二年では不可能だし、やるなら四年程度、数千億円の費用がかかる。「狂気のさた」との声があがっている（二〇一八年八月十二日付け毎日新聞）。いかにも場当たり的で安易な案だ。

森元首相がいいだしたらしいが、場当たり的提言は当然ながらパーになったみたいだ。「国家的行事」なら何をやってもいい、とでもいうような下心がすけてみえていた。

「日本初空襲」の項で紹介した『大本営発表』の著者、辻田真佐憲さんは同紙で、「五輪への無関心や不参加を許さない〈国家総動員〉だ」と批判している。

「国家総動員」とは、かつて軍国主義の時代に、戦争遂行のために国民生活のすべての面にわたって政府の統制を可能にしたことをいう。「国家総動員法」という、政府に「万能」の権力を与える法律が作られて、国民はいやおうなしに従わせられた。

ミュンヘン・オリンピックの事件のあと、いまは亡き深代惇郎が説いたとおり、「国家関与」どころか「国家総動員」の様相を、すでに色濃く帯びているではないか。

「昭和」のオリンピックを東京とミュンヘンで体験したぼくは、次の「東京オリンピック」が予定どおり無事に開かれるよう願っている。しかし、それには「酔眼耄碌翁《すいがんもうろくおう》」として一つの条件があるのだ。

昭和十一年、ベルリン・オリンピックのＩＯＣ総会で決定した「昭和十五年の東京オリンピック」は戦争のために返上になったのだから、次の「東京オリンピック」は「戦争を否定している」いまの憲法の下で開かれなければなるまい、と。

◆

平井正『レニ・リーフェンシュタール　ナチの美神か？　20世紀最高の映像作家か？（20世紀映像論のために）』（晶文社）

憲法については、「爆笑問題」の太田光と学者の中沢新一の対談『憲法九条を世界遺産に』（集英社新書）が面白い。

第四章　美しい外見、耳あたりのよい言葉はクセモノ

盛岡に還る

何ごとも「なぜだろう?」という問いを言葉にして、自問自答するように努力しなければ「思考」は停止してしまう。

太平洋戦争中の少年時代から、「思考」を停止した哀しい大人たちに接する幼い体験を積んできた。そんなあれこれを描く語《つたな》ってきたけれど、じつはもう一つ、新聞記者としての出発点において貴重な体験をしているのだ。

時はうんと遡るが、「なぜだろう?」と自問して自答する大切さも、「加害」と「被害」の関係がときには引っくり返るという入り組んだ関係をどう解きほぐすかという大切な問題も、そこで学んだ。

昭和三十四(一九五九)年四月、ぼくは朝日新聞盛岡支局で新聞記者のスタートを切った。テルアビブやミュンヘンにいても、「血の海」を歩いていても、想いが半世紀も昔の盛岡に還るのは、そのせいである。

それはただの郷愁ではない。気恥ずかしい表現になるけれども、ジャーナリストとしてのぼくの「原点」がそこにあるからだ。

トランプ大統領の存在が世界を困惑させている二〇一八年現在も、おりあるごとに想いは盛岡に還る。

安倍首相が、野党の劣弱さが極まっているスキを突いて、祖父、岸信介《きしのぶすけ》・元首相の悲願だった憲法改正を実現しようとしている平成三十年現在のいまもそう。ジャーナリスト生活六十年の、さまざまな現場で取材しているときも、そして原稿用紙にむかうときも、いつだって一度は盛岡時代に想いをはせるのである。

じつは、この文章を記しているいまも、盛岡は脳裏のすみにある。支局長の松本得三《まつもととくぞう》さんが、うしろから肩ごしに、のぞきこんでいるような気持ちにすらなるのである。

六十年も昔の盛岡時代の話なんて、「クツワダ老人」個人の、ちっぽけな感傷にすぎない、と思われるかも知れない。けれど、あの穏やかで気品ある城下町の生活こそが、貧素な一ジャーナリストの問題意識の出発点になっていることを、「童話」を読むような気分でご理解いただければうれしいのです。

盛岡支局は「不来方《こずかた》」という名前の路地裏にあった。

木造二階建てで、軒下には冬にダルマストーブで燃やすための薪が整然と積んであった。

冬が近づくと、リヤカーに機械ノコを積んだ「薪切り屋」さんが回ってきて、その作業をやってくれるのだ。

支局の裏手は「本町」芸者さんの住宅が集まっていて、日曜の朝は早くから稽古の三味線の音が流れる。不来方湯という銭湯があった。道端に井戸があって、老妓がラフな普段着で洗いものをしていた。

選挙の開票で徹夜になるときは、お座敷帰りの「八幡町」芸者さんが、抹茶の道具一式をもってきて、香り高い茶を立てて激励してくれた。しばらく前の「粋人」支局長以来の付き合いなのである。

ザラ紙の原稿用紙に鉛筆で原稿を書き、支局長は緑色のインクに筆をひたして直しを入れている。床には書き損ねた原稿用紙が散乱していた。

前にも述べたように、ぼくはサッカーばかりやってきた「体育会系」の典型的ノンポリであり、問題意識の低い学生だった。そんなお前がなぜ新聞記者になったのだ？　と詰問されると困るのだが、父も記者だったとか、もともと読み書きは好きだったなど、まあ、いろいろ事情があったのである。

そんな男が盛岡支局の勤務になった。それが、真のジャーナリスト松本得三という支局長との出会いだった。

どんな人であったかを、わかりやすく説明するのは難しいけれど、まずクリスチャンだった。しかし教会には行かないし、酒も大いにやるし、マージャンも好きだった。ぼくたちが原稿を書きあげるまで、薪の燃えるダルマストーブのかたわらでパイプをくゆらしながら読書にふけり、ロシア語の勉強に励んだりしていた。いつの間にか、外は雪になっていたこともあった。


ロシア語を勉強していたのは、将来できればモスクワ特派員になって、ソ連の実態を見極めたいと考えていたからだ。

松本さんは、朝日新聞入社後しばらくして京城（ソウル）支局に転勤したあと、招集されて中国へ行かされ、敗戦でソ連軍に抑留された。ソ連軍の暴虐をかわしながら妻は男児を出産したが、すぐに死なせた。

「ソ連のあのやり方は絶対に許せない」という、終生変わらぬ厳しい見方が、逆にロシア語を学ばせることになった。


ダルマストーブの上には洗面器が置いてあり、湯気をあげていた。地酒を満たしたサントリーの角ビンがその中に立っている。ほどよい燗になって、ぼくたちが仕事を終えるのを待っていてくれるのであった。

松本さんは、あれこれ教えるようなことはほとんどしなかった。たとえば、ぼくが長い原稿を書いたときも、「もう一度読んでごらん」としかいわない。ぼく自身が何度も書き直して、「よし！」と自分で納得するまで、ときには明け方まで、読書をしながら静かに待ってくれたのである。

ストーブの周りで酒を飲みながら、穏やかな議論になることも多かった。そんなときの発言を、いくつか覚えている。


新聞記者の仕事は、被害と加害の関係を明らかにするよう努めることじゃないかしらねえ。被害者がじつは加害者だったり、その逆だったりすることが世の中には多い。


被害と加害の関係といえば、二〇一八年五月刊行の『はじめての沖縄』（岸政彦著、新曜社）に興味深い挿話がある。

大阪に住む社会学者の岸さんは、ねばり強く沖縄に通って、沖縄戦の記憶の聞き取りをつづけていた。ある方の自宅で、激戦の南部を徒歩で逃げ惑った話をきいた。地上戦が始まってから、近所の親戚二十数名で那覇を出発したが、最終的に米兵の捕虜になるころには五名まで減っていた。沿道では、まだ生きているが動けなくなった人びとの声がずっときこえていたという。

声を絞るようにあの戦が語られる途中で、岸さんは何度も名前を呼ばれた。

「岸さん、岸さん、日本は、戦争の被害者じゃないんです。加害者なんです……」


本土復帰前の沖縄で取材したことのあるぼくは、『はじめての沖縄』を読みながら、何十年も前の盛岡時代の松本支局長の声も脳裏にきいていた。そして考えた。

昔から、本土の人びとに差別されつづけた果てに、あの戦争で日本で唯一、島全体が戦場になって県民十万人が死傷し、戦後の現在も巨大なアメリカ軍基地の存在によって苦しんでいる沖縄。その沖縄の人に、そういわれてしまえば、戦中・戦後、「空腹体験」だけで、戦争体験なんかなかったぼくなどは、どういったらいいのだろうか？

戦争で、多くの国民が被害者になったけれど、国民全体は、アジアの人びとに対する加害者なのである。そしてぼくたち本土の人間は、いまも沖縄に対して加害者なのだ。


「何ごとも、なぜだろう？　と問い詰めてゆかなければならない」

「新聞は権力の監視役。だから自分が権力になっちゃいけないよね」

「官庁の発表ものよりも、町中を歩いて、人びとの中から問題を探りあてる」

「町や村で、名もない人びとのつぶやきをきこうじゃないか」

そんな言葉を引き金にして、たとえば「岩手の憲法」というつづきものを岩手版で連載した。この岩手で果して憲法は守られているのか？　ないがしろにされているのではないか？と疑問をぶつけた。

全国版の本紙でもやらない企画だった。地方版で未熟な記者が書くのはムリ、なんていう批判が社内からも浴びせられたが、支局長が批判からの「防波堤」になってくれて、ぼくたちはへこたれなかった。

そんな言葉が、ストーブで燃える薪の、はじける音とニオイとともに、ときによみがえってくる。

しかし、ここに列挙したような心構えを、昨今のメディアの人たちは心得ているのだろうか。六十年も昔に、ストーブのかたわらで耳にした言葉が、いまとても新しいはずである。

ベトナム戦争の現場でも、中東の流血の現場でも、ぼくの想いは盛岡の、あの薪ストーブのかたわらに還ってゆく。

やがて転勤があり、別れがあり、松本さんは退職後に病に倒れた。しかし、旧約聖書を原語のヘブライ語で読みたいという願いを抱いて、上智大学に通うようになる。ドイツ人のへブライ語の先生は、日本語で授業をすすめてくれた。ドイツ人の先生が日本語を用いてくれるのに、生徒の自分がドイツ語を知らないのは失礼だ。そう考えた松本さんは、ラジオでドイツ語の勉強を始めた

昭和五十六（一九八一）年七月十日、松本さんは、看護師さんたちに、「ありがとう、ありがとう」と、感謝の言葉をくり返しながら世を去った。六六歳。

「目に映るものがまことに美しいから」という聖書の「知恵の書」にある言葉のメモ書きが、ぼくたちに残された。

「美しくみえるもの」に惑わされてはならない、という意味だった。たしかに、世の中には、一見、もっともらしく、「美しくみえるもの」があふれている。だが、静かに「なぜか？」と自問し自答すれば、政治や経済や行政に、いかに多くの偽装が隠されているかを知ることができる。それを見破るのが、自分たちの責務だ、と。

本物と偽物を厳然と区別して、偽物は断固拒否する姿勢は、終生、変わらなかった。

松本さんの最晩年のころ、中東の取材から帰国して、パレスチナ人の苦難とイスラエル軍の攻撃性を語ったぼくに、つぶやくように尋ねた松本さんの言葉が忘れられない。

いた。

「イスラエルは、そんなに何もかも悪いのかなあ？」

「旧約聖書」を原文のヘブライ語で読もうと志している人の、苦渋に満ちた言葉のように響いた。

◆

松本さんが支局長だった盛岡支局時代のことは、支局仲間の一人だった岩垂弘《いわだれひろし》の力作『ジャーナリストの現場　もの書きをめざす人へ』（同時代社）、に詳細にいきいきと描かれている。

社会部、論説委員室のぼくの仲間だった河谷史夫《かわたにふみお》は、朝日夕刊の連載『記者風伝』に、毎日の名記者や深代惇郎などとともに、松本得三も「新聞記者ここにあり」の一人として取りあげた。連載は本になった。朝日文庫のものは改題して『新聞記者の流儀』（朝日新聞出版）となっている。

沖縄のいのちの明るさ

ざっと六十年に及ぶジャーナリストの仕事をヨロヨロとふり返ってみると、何ごとも「なぜだろう？」という視点から考えてみようと努めてきたことが思い浮かぶ。

それともう一つ忘れてならないのは、「被害」と「加害」の入り組んだ関係について考えてみる姿勢である。

平成三十（二〇一八）年八月八日、沖縄県知事の翁長雄志《おながたけし》さんが六十七歳で死去した。アメリカ軍普天間飛行場（沖縄県宜野湾《ぎのわん》市）の名護市辺野古《へのこ》への移転に、反対の意思を貫いてきた人だ。戦後七十三年が経ついまも、沖縄にアメリカ軍専用施設の七〇％が押しつけられている不条理と不平等を、訴えつづけてきた人である。

第二章の「東京裁判」の項でぼくは、幼くしてそれを傍聴するという希有《けう》な体験を語った。「偉い人」が権力を失うと、みる影もない「しょぼくれた爺さん」になってしまうことを知ったせいか、のちに国会の取材にあたったときも、偉そうに振る舞っている政治家に接するたびに、多少の例外をのぞいては、衰亡と無責任の影をその人にみてしまうのだった。

ただし、沖縄の政治家の多くは、そうではなかった。たとえば戦後、アメリカ軍占領下の沖縄で「琉球政府首席」になった屋良《やら》朝苗《ちょうびょう》さん（一九〇二〜一九九七）には、復帰前の沖縄で何度もお目にかかったけれど、常に変わらぬ誠実さを感じていた。

翁長さんの惜しまれる死を想いながら、ぼくは屋良さんたちに会った復帰前の沖縄を、「昔話」ではなく、現在の沖縄の現実として思い出していた。沖縄の置かれている現実の本質は、翁長さんの闘いが鮮やかに示すようにいまも変わらないのだから。

一人一人が立ちあがって
みんなで未来を歩んでいこう

「沖縄慰霊の日」の平成三十（二〇一八）年六月二十三日、沖縄県糸満市にある平和祈念公園で、浦添市立港川中学三年生の相良《さがら》倫子《りんこ》さんは自作の詩「生きる」を、堂々と朗読した。

あなたも、感じるだろう
この島の美しさを
あなたも知っているだろう
この島の悲しみを

倫子さんの、心のほとばしりなのだろう。手元の原稿に一度も目をやることなく、正面を見詰めて語った。丘に吹く風に髪がなびき、セーラー服の襟がはためいた。

安倍首相の、あいさつ原稿の淡々とした読みあげが、それにつづいた。

ミュージシャンの後藤正文さんは、朝日新聞のコラムに「未来は、この瞬間の延長線上にある」という言葉にはっとさせられた、と書いた。ぼくもまた倫子さんの言葉に心揺さぶられながら目をつむると、四十九年前、本土への復帰前の沖縄で幾日も過ごしたときのあれこれが脳裏に去来した。

六月二十三日が「沖縄慰霊の日」となっているのは、昭和二十（一九四五）年のこの日が沖縄の戦闘が事実上、終結した日であるからだ。そのころ本土では、陸軍を中心に「さあ本土決戦だ。神風が吹くぞ！」と、昭和天皇の意思も国民の命も無視する「神がかり精神」が吹き荒れていた。

盛岡、甲府両支局のあと東京の社会部員になったぼくは、アメリカ軍の占領下にある沖縄の取材班に加わった。

その少し前、沖縄で人権が踏みにじられていると報じた朝日新聞は、アメリカ軍当局ににらまれていたため、「ビザ」がなかなか出なかった。散々待たされたすえに、「パスポート」とドル紙幣をもって渡っていった。

取材班は、政治・経済・学芸・社会各部それぞれの分野に応じて動き回った。

糸満町束辺名あたりで最近、戦死者の遺骨がたくさん発見されたと知ったぼくは、那覇市でタクシーを拾い、三十分ほどでソテツとカヤの生い茂る原野に着いた。喜屋武岬のサンゴ礁に波がくだけていた。

道端で遊んでいた男の子は、「その穴ならもうすっかり掃除して、お墓も立てたよ」という。「だけど、骨のある穴はほかにもあるよ。探検ごっこの穴だもん」。

沖縄で戦闘は五カ月つづいた。戦死者は日本軍十万、米軍一万二千、沖縄住民六万二千。ただし住民については、女子学生や栄養失調による死者も含めると十万と推定されていた。当時の人口は六十万人。

男の子のあとについて行く途中、青年が懐中電灯をもって同行してくれた。密生するカヤの中を二百メートルも進むと洞窟があった。手榴弾が二個落ちていた。懐中電灯の光の中に頭蓋骨が二つ転がっていた。一つはひたいに直径一センチほどの穴があった。胸や腰の骨、ボロボロの軍靴、ガーゼの詰まった薬ビン、薬莢などが散乱している。

隣の洞窟では、入ってすぐに頭蓋骨が二つあった。男の子が、「あっ、毛がはえている!」

と叫んだ。首のあたりに、長さ四、五センチほどの黒く長いものが無数にはえて、風にそよいでいた。ぼくは「カビだろう」とつぶやいた。

洞窟を出て那覇に戻った。平和通りは、本土からの観光客でにぎわっていた。数日後、琉球政府の職員があの洞窟で遺骨八体を集めた、ときいた。

いまは亡き沖縄タイムスの編集局長、上間正諭さん（のちに社長、会長に）にはすっかりお世話になり、夫人心尽くしの琉球料理もいただいた。懐かしさ限りない人びとが大勢いる。

沖縄の人びとの朗らかさ、食べ物の旨さ、青い空に輝く陽光などに魅せられて、ぼくたちは毎晩、泡盛を飲んだ。飲んでは仲間うちで議論した。ときには取っ組み合いのケンカにもなった。ぼくたちの甘い取材と理解では、到底及ばない歴史の重さ、深さにいらだっていた。記事を書くことの虚しさ、恥ずかしさに耐えられない想いにおしひしがれていた。

核兵器が格納されている疑いのある建造物に近づこうと試みて、銃を構えた兵士に追い払われたこともあった。

嘉手納空軍基地で、巨大爆撃機Ｂ52の離着陸を何度もみた。ベトナム戦争は激しさを増していた。離陸するときは、長い滑走路を端まで走ってやっと地面を離れるのだった。爆弾を腹いっぱいに積んで重いからだ。帰ってきたときは、みるからに軽そうになっていた。ベトナムの大地に、無差別にバラまいてきたからである。その戦場に、やがてぼくは特派員として赴いて、爆撃の穴が無数にあいた大地を歩くことになる。

あれから半世紀近くたった二〇一八年現在も、沖縄のあの基地は、何も変わっていないのだ。いまも離着陸の爆音は日夜、絶え間なく響いている。

「沖縄慰霊の日」に相良倫子さんは、「心から誓う」という言葉につづいて、
私が生きている限り、こんなにもたくさんの命を犠牲にした戦争を絶対に許さないことを。もう二度と、過去を未来にしないことを。

と語った。「あなたも、知っているだろう。この島の悲しみを」とも述べたその言葉に、ぼくはうまく答えられない。

沖縄では、いまも「始まり」なのだ。

本土のわれわれは、戦争の被害者であると同時に、アジアなどの人びとに対しては加害者なのだとあらためて感じる。しかし、沖縄の人びとは、昔もいまも「被害者」なのだ。

「酔眼耄碌翁」のいまも、沖縄はぼくにとって、とても大切な出発点なのである。

本土の人びとはもう「昭和」という時代を忘れてしまったけれども、沖縄はいまもこれか

らも、「昭和」のままだ。

「かなしい人類の歴史を語る猫のかげ」とは「昭和」の、そして「世界」の影であり、その影が沖縄の島々をいまも色濃くおおっている。

それにしても沖縄の人びとの、なんという朗らかさ！

「辺野古阻止」を貫いて死去した翁長雄志知事の遺志を継いだ玉城デニーさんが、二〇一八年九月、激しい知事選の結果、過去最多得票で初当選を果たした。

きわめて明確な沖縄県民の意思を前に、安倍首相は「真摯に受けとめる」と紋切り型で語ったけれど、「朗らかな人びと」を裏切ると、罪深いことになりますよ！

◆

琉球新報社論説委員会『沖縄は「不正義」ヲ問う』（高文研）
大田昌秀『新版　醜い日本人』（岩波現代文庫）
朝日新聞社編『沖縄報告　復帰前一九六九』（朝日文庫）
川端俊一『沖縄・憲法の及ばぬ島で　記者たちは何をどう伝えたか』（高文研）

「大漁丸」で

ぼくの「出発点」はいくつもあるが、東日本大震災の津波で命を奪われた女性から、生前に郵送されてきた「般若心経」の現代語訳もその一つである。

岩手県の盛岡で記者生活を始めた縁で、毎年、一回は、大震災の被災地である三陸沿岸を歩いている。かつて久米宏さんの司会で人気のあったテレビ朝日の報道番組『ニュース・ステーション』に出演していたときに世話になった映像作家、永井隆明さんといつもいっしょだ。そのキャスターだった小宮悦子さんたちが加わることもある。

ぼくたちは、三陸の被災地を歩くことを、ジャーナリズムの端っこにいる者の責務と心得ている。ボランティア活動を手伝う力はもうないけれども、各地を三人で飲み歩くことで、いささかの「経済的支援」のようなものができるはずだと妄想している。もちろん、被災地をひたすら歩いてみて、そこがどう変化してゆくのかをしっかり記憶しておこうというのが、第一の目的であることはいうまでもない。

首相などの被災地視察のあとは、きまったように「復興進む」という言説がマスコミから流布されるけれど、ほんとうだろうか？　あれは、戦争中に変わらぬ「大本営発表」じゃないのか？

ぼくたちが毎年目にしてきたのは、林立するクレーンと、素人目にも雨が降るたびに崩れてゆく意図不明の盛り土の山だ。人の姿の大半は作業員であり、「住民」らしい姿はあまりみかけない。

気仙沼の復興屋台村の居酒屋「大漁丸」が、地元の人びとの絶好の交流の場になっていた。人びとの嘆きは、いつ元の場所に戻れるか見当がつかないことにあった。

かつてぼくは、国会をしばらく被災地に移したらどうか、と書いたことがある。もちろん政治部の記者たちもいっしょにだ。残念であり不思議でもあるのだが、現場を踏んでいない、地元の人びとの話をじかに聞いたことのない政治家、記者が多いらしいのだ。

センエツながら、わが青春時代の、盛岡のストーブ談義を聞かせたいものだと、愚考することしばしばである。


二〇一八年の五月は、気仙沼の復興屋台村が撤収されたため、「大漁丸」の「おとうちゃん」「さっちゃん」夫婦が、出身地である気仙沼湾の大島で開いた民宿に泊まった（宮城県気仙沼市長崎１３０―４、ＴＥＬ・０２２６―３７―４４８１）。

あのとき、夫婦は孫たちといっしょに隣家の二階に逃げたが、家は根こそぎ激流に流された。津波が引きはじめる。引くときの津波の破壊力は猛烈だ。そのまま流れにもって行かれれば家が崩壊する！　危ないところで、家は崩れる前に何かに引っかかって止まった。危機一髪だった。

大島に戻った夫婦は、各地から参集したボランティアのみなさんの協力で、古民家を素敵な宿に変えた。地酒をやりながら、海から揚がったばかりの生牡蠣や魚やホヤをタラフク食うのは至福のときである。

このあとぼくたちは岩手県の釜石にまわって、毎年恒例の墓参をすます。津波に命を奪われた旧友夫妻の墓である。

東日本大震災の二〇一一年三月十一日、ぼくは東京・品川のホテルで、友人の山崎薫さんが理事長を務める、動物看護師育成の草分けであるヤマザキ学園の卒業式に参列していた。祝辞を述べるため立ちあがった瞬間、グラグラッときたのである。

二日後にようやく自宅に戻ったら、家は無事だったけれど、書斎の三万冊ほどの蔵書のかなりが崩れていた。いつの間にか見失っていた手紙や書物が、その下から現れた。数年前にいただいていた釜石の菊池圭子さんからの手紙もあった。

半世紀も昔、朝日新聞の記者になった最初の任地盛岡で、菊池さんにはいろいろお世話になった。その後、故郷の釜石で家庭生活を営んでいた菊池さんから手紙が届くようになった。ぼくが署名記事を書いたり、夕刊のコラム「素粒子」を執筆しているのを知ったからだ。

ちなみに説明しておくなら、二〇一八年現在の一面にも同名のコラムがあるが、二十二年前のぼくの時代とは、掲載の場所も字数も文体も内容も異なっている。

ぼくの時代は、権力を批判するユーモアと風刺をねらいながら、いつも失敗をくり返しているコラムとして「有名！」で、「豆腐」の話題が多いのでも評判だった。だから、たとえば「このごろ葬式饅頭にお目にかからない」なんぞと書くとすぐに、「釜石にはまだ葬式饅頭は健在ですよ」というメモとともに、菊池さんから葬式饅頭が送られてきたりした。

崩れた蔵書の下から現れた手紙もその一つだったけれど、いつものユーモアあふれる内容と違って、とても重い意味の詰まった手紙だった。久しぶりに手にした手紙を、むさぼるように再読しながら、恐ろしい不安が胸に湧いてきた。当然ながら、菊池さんの暮らしている釜石も、大被害にあっているのだ！

三陸沿岸の町村は、どこもほとんどそっくりの地勢になっている。リアス式の深い入り江があって、その突き当たりの奥が町になっている。山や丘を背にして、民家は海に面した狭い平地にひしめいている。菊池さん宅がどのあたりにあるかは知らなかったけれど、きっと海に近い平地で暮らしているに違いない。

「生まれる」意味

その手紙を手に、前述の永井さんとともに釜石に行った。ご夫妻の消息はすぐに知れた。遺体は、津波から数日のうちに、そろって発見されたのだった。小さなザックには印鑑や預金通帳が入っていたという。逃げる二人に、津波が襲いかかったのだ。夫の幸太郎さんは八十歳すぎ、圭子さんは八十歳近くだった。

住まいを探しあてた。「菊池」という表札のついた石の門柱が残るのみだった。陶器の破片などが散乱する跡地には、玄関の戸のレールがわずかにのぞいていた（その後、そこを何度か訪ねたが、やがて門柱も消え、コンクリートに覆われて駐車場になっていた）。

何の被害も受けていない高台までは、ほんのわずかな距離だった。すぐそばの三階建てのビルは、二階まで完全に津波に突き破られて、無残な姿をさらしていた。門柱に花束を供えた。町の廃墟の間に、鉛色の海がのぞいて、光っていた。

地震で崩れた蔵書の下から現れた手紙を捧げて、手を合わせた。

封書には写真と手紙が入っていた。写真は昭和三十四（一九五九）年ごろ、つまりぼくが盛岡支局員になって間もないころ、名物の「わんこそば」を楽しんだときのものだった。

大勢が死亡した南三陸町防災対策庁舎（筆者スケッチ）

松本得三支局長の存在は、各社の支局はもちろん、官庁などの取材先でもよく知られていた。写真は松本さんを中心に、ぼくたち支局員や、取材先でお世話になっている女性たちの姿が並んでいる。日ごろのお礼のために松本さんが招待したのである。若い菊池圭子さんの姿もある。「私の前に座っているのは、どなたでしょう?」と、裏にユーモラスに記されていた。もちろん、新米ホヤホヤのぼくである。

　写真を見詰めていると、菊池さんと会話を交しているような気分になる。津波に命を奪われた人が、昔のままの笑顔で語りかけてくる。この文章を記している机のそばに、その写真も手紙もある。それは、もちろん無言であるが、無言であるがゆえに、いろいろ静かに語っているような気もする。

　手紙の文面も、語りかけてくるような口調で記されている。記者になりたてで、まだ何もわからないぼくを、諭すようにきこえてくる。

「ラジオで作家、新井満さんによる『般若心経』の現代語訳が放送されました。昔とったキネズカの速記で書き止めましたので、送ります」

『般若心経《はんにゃしんぎょう》』とは、『般若波羅蜜多心経《はんにゃはらみたしんきょう》』の略で、いま日本で最もポピュラーなお経。二百六十二文字という短さで、写経といえばほとんどこのお経だ。

明代の中国の長編小説『西遊記』の主人公「三蔵法師《さんぞうほうし》」のモデルになった唐の名僧、玄《げん》奘《じょう》（六〇二～六六四）訳と鳩摩羅什《くまらじゅう》（三四四～四一三）訳があり、日本で流布しているのは玄奘訳だ。すべて漢字である。玄奘が十六年の歳月をかけて、仏教の故郷である西域への苦難の旅をしたとき、このお経を唱えながら荒野を越えたと伝えられる。玄奘はその著作『大唐西域記《だいとうさいいきき》』にこう記している。

一面茫々として目印なく、道行く人は人畜の遺骸を集めて道標とし、熱風は時には歌うように時には号泣するように鳴り、目と鼻の先もわからなくなってしまう。

ぼくは新聞記者時代に、日中共同「楼蘭《ろうらん》」探検隊の隊長として、その足跡の一部をたどっ授もいっしょだった。作家の椎名誠《しいなまこと》さんや、「シルク・ロード」研究家の長澤和俊《ながさわかずとし》・早稲田大学教授もいっしょだった。

「探検隊」などと大層な名前がついていたように、たしかに砂漠、というよりも泥の固まりの「土漠」の旅は凄かった。泥土が絶え間なく吹きつのる風によって削られて、まるで「竜」の背中のように波打っていた（ヤルダン）。

「楼蘭」とは二千年近い昔、タクラマカン砂漠のオアシスに栄えた都市国家である。仏教も古代インドからこの地を通って中国に渡り、朝鮮半島の人たちによって日本にもたらされたのであった。日本の五重塔の祖先である、泥を固めた塔がわずかに残り、二千年近い昔には森があった痕跡が、乾燥しきった樹木の残骸になって残っていた。「水」と「森」の管理を怠ったために、水が涸れ、樹木が枯れて、王国は消滅した。

「なぜだ？」と、さまざまな思考を求められる旅であった。

途中、中国の「核実験場」の跡も通過したはずである。椎名さんはのちに、「ぼくは被爆者だ」とエッセイに書いていたけれど、なるほどそうだ。となれば、このぼくだって「被爆者」なのである。

漢民族のペキン政府の許可で「新彊《しんきょう》ウイグル自治区」の「楼蘭」に行ったのだが、ここは中国の少数民族の一つ「ウイグル族」の土地だ。日本からもって行った特注の「三菱パジ

古代遺跡「楼蘭」仏塔前で探検隊一行

ェロ」二十台を運転してくれるのは、全員イスラム教徒のウイグル族の人たちであった。

中国側の隊員幹部は「漢民族」。ペキンとウイグルの「対立」は、探検隊の構成にも微妙な影響を与えているのだった。

ウイグルの人たちが、イスラムに沿った食事をとるのをみながら、ぼくは、かつて中東の各地で接した「アラブ」の人びとや、「流血」の事件を思い出していた。ふと思えば、「楼蘭」も「絹の道（シルク・ロード）」によって、イランにもイラクにもエジプトにもつながっているのである。

夜、もの凄い星空を眺めるためにテントを出て固い泥土に寝ころんでいると、本が読めるような星の輝きの中を、人工衛星の軌跡が銀色の線を引いて流れていく。この探検の旅にも持参していた愛読書、アイルランド出身のJ・ジョイスの『若い芸術家の肖像』（丸谷才一訳、新潮文庫）の一節が、ぼくの「妄想」の奥に浮かびあがってくる。

「上には渺茫《びょうぼう》として無頓着《むとんじゃく》な天の円蓋《えんがい》と、もろもろの天体の静かな運行が感じられ、体の下では、母なる大地が抱きしめてくれている」（第四章）

あるいはまた弘法大師・空海が室戸岬の洞窟で修行中に「金星」が口に飛びこんできたという話も、星を眺めながら想った。砂漠にいようとどこにいようと、ぼくたちは何らかの形、縁で世界につながっているのだ。

話を戻そう。

「般若心経」の原文は「観自在菩薩《かんじざいぼさつ》 行深般若波羅蜜多時《ぎょうじんはんにゃはらみったじ》 照見五蘊皆空《しょうけんごうんかいくう》……」で始まる。

新井満さんの現代語自由訳を、菊池さんは次のように記してくれていた。

束《つか》の間の存在ではあるけれど、あなたは意味もなくこの世に生まれてきたわけではない。生まれる意味があったからこそ生まれてきた。

しかもあなたはたったひとりでこの世を生きているわけではない。他の人間たちはもちろんのこと、虫や花や魚や鳥や無数の命と共にこの世をなしている。

この無数の命のために、あなたでなければ果たせない、あなただけの役割を果たすためにあなたはこの世に生まれてきた。こだわりを捨てて生きなさい、そしていただいた命に感謝しながら自分の役割を果たしなさい。

菊池圭子さんは、ていねいにこう書いて送ってくださった。その人はもういない、という事実をどう受け止めたらいいのか。「いただいた命に感謝しながら自分の役割を果たしなさい」という般若心経の教えは、菊池さんからの「遺言」のように感じられてならない。

三陸の被災地を巡りながらぼくは、ときにじっと海を見詰めている自分に気がつく。海霧が、沖から渦巻いてよせてきたときもある。桜が華やかに咲いていたときもある。宮古市の田老《たろう》地区の防波堤の廃墟のかげには、カボチャの花が黄色に輝いていた。

海を見詰めていると、想いはしばしば盛岡時代に走るのだった。記者生活を盛岡で始めて、そこで学んだことこそが、ジャーナリストとしてのぼくの骨格を形成した。描く、幼く、いつまで経っても未完成のままだけれど。

戦争中の幼い体験や、記者生活のさまざまな体験もその中に埋めこまれて、そのすべてが

「出発点」になっている。それが実行できているのかどうかは、いたって心もとないけれど、そのつもりで今日まで生きてきたことだけは確かだ。自称「酔眼耄碌翁」にも、ぼくでなければ果たせない、生まれてきた役割があるはずなのだ。

このごろ神社仏閣の前を通ると、お賽銭をあげて手を合わさずにはいられない。だからといって信仰心が強いというわけではないけれど、この「般若心経」もまた、ぼくの「原点」の一つになっている。

「心経」末尾の「呪文」のような、「ギャーテイ　ギャーテイ　ハラギャーティ」に、いつも元気づけられている。

◆

新井満『自由訳　般若心経』（朝日新聞出版）
宮坂宥洪『新釈　般若心経』（角川ソフィア文庫）
瀬戸内寂聴『寂聴　般若心経　生きるとは』（中公文庫）
ジョイス著・丸谷才一訳『若い芸術家の肖像』（新潮文庫）

死者と砲声と豪雨と

一九七二（昭和四十七）年、パリ和平交渉をよそに、砲声はサイゴン（現・ホーチミン市）に迫り、目抜きのレロイ通りには「戦争孤児」があふれていた。

日本があの戦争に敗れたころ「クツワダ少年」は、東京・上野駅の、現在もある地下道に「戦災孤児」があふれる中を、母といっしょに歩いたことがある。

「戦争」孤児は文字どおり、戦場になった村や町で肉親を失った子どもたちであり、「戦災」孤児はアメリカの空襲によって肉親を失った子どもたちである。

上野の孤児たちは、タバコを吸ったりしながら、親といっしょのぼくを虚ろな目つきで眺めていた。サイゴンの孤児たちは、ぼくの姿に気がつくと群れをなして寄ってきて、ばらのタバコを差し出して「買え！」と押しつけるのであった。

孤児たちはみんなきれいな目をして陽気だっただけに、ぼくはなおさらいたたまれない想いに落ちこんで逃げ回るのだった。

各地の戦闘は激化し、アメリカ軍B52のジュウタン爆撃は、「北」の首都ハノイやハイフォンで再開されていた。

サイゴンには支局があって、先輩の知性鋭い井川一久支局長が「ベトナム戦争」の終局について健筆をふるっていた。

「北」に近いダナンに行った。植民地時代の遺物である旅客機の機内は、農民の荷物であるニワトリが走り回っていたりした。イスは壊れていて背もたれは倒れたままだ。

ダナンの空港では、憲兵が若者たちを追いかけていた。サイゴンの街頭で、むりやり軍のトラックに押しこめられた若者たちが、絶え間なく響く砲声におびえて、集団で脱走しようとしたのだ。サイゴン政権軍（南ベトナム軍）憲兵が、警棒をふるい、ピストルを発射して追い詰めている。二十人ほどが捕まって、前線に行くトラックに押しこめられていた。

激しい雨だ。町の目抜き通りは泥沼状態だった。重い雨雲に、砲声が陰々滅々と響いていた。その方角から軍のトラックが、負傷兵を満載して続々と走ってくる。両足を失って、血で染まった包帯だらけの兵がいる。目をやられたらしく、顔を包帯でぐるぐる巻きにした兵もいる。そして無惨な遺体も！

貧しいホテルに泊まった。グデングデンに酔っぱらった若いアメリカ兵たちが、肌もあらわな売春婦たちと、大声で笑い、ふざけ合っている。

蚊帳をつった、湿気でじっとりとしたベッドに横になる。サイゴンではよくウイスキーを飲み、ビールで大きなエビを食ったりしたが、「狂気の悪夢」の中にいるようなここダナンでは、ただ早く眠りたいと願うだけ。だが、目はさえたままだ。

この戦争は、いったい何なのだ？　遠い盛岡の、あのストーブの周りのおしゃべりを思い出そうと努めるが、無理だった。


一〇〇%、アメリカの傀儡政権であるサイゴン政権は、腐敗も極に達しているというウワサだ。サイゴン郊外にある軍の墓地は、一面に白い墓標で埋まっている。まだ埋葬しようもないばらばらの遺体が、白い冷凍用の建物に一杯に詰めこまれたままでいる。


「誤爆」の村ビントに行った。ベトナム人の通訳といっしょだ。サイゴン政権兵が、軍のジープをもち出して、アルバイトでぼくらを運んでくれるのだ。

激しい雨だ。水田の中の国道一号から徒歩で、ジャングルの中にうねうねと曲がりくねった細い一本道を行く。雨で視界は悪い。足まで隠れるアメリカ軍のポンチョをかぶっているが、胸には「日の丸」とベトナム語で「新聞記者」と大きく書いた板を下げている。

突然、行く手のこんもりと盛りあがった茂みが動いた。恐怖に全身が凍りついた。

茂みが崩れると、鉄カブトに自動小銃を構えた兵士が六人現れた。サイゴン政権軍の兵士だ。ジャングルの中の待ち伏せだった。みんな若く、目は血走っていた。

ホッとしたのも束の間、追い払うような身ぶりにせかされ、逃げた。しばらくすると背後で、銃声が激しく、続けざまに響いた。

小さな病院は、電気もなく暗い。三十五歳の主婦ズオン・チ・トさんがいた。雨の水田で水稲の種まきをしていたら、轟音がとどろき、目の前が真っ赤になった、と語る。左腕のひじから先が皮一枚でぶら下がっていた。足も裂けていた。あぜ道に上がろうとしたが左腕が邪魔なのでもぎとって捨てた。気がついたら病院だった。右足も切断された。夫はこの村であった戦闘に巻きこまれて死んだ。十九歳の娘も水田にいたとき爆撃で右足を失った。どの場合も、激しい雨足でエンジンの音も聞かないうちに、厚い雲を突いて数個の爆弾が落ちてきた。

ちょうどそのころ、村から四十キロほど離れた別の村で、村人二十数人が水田で死んだ。「誤爆」だったことをアメリカ軍は認めた。

さて、「誤爆」とは何だろう？　それならば「正爆」というのはあるのだろうか？

昭和二十（一九四五）年八月六日、広島で十万人が殺された原爆は、もちろん「誤爆」ではなかった。長崎もそう。原爆は通常兵器ではないから比較にはならない、というなら、同年三月九日、Ｂ29三百三十四機による東京大空襲で十万人が殺されたのは、「正爆」か「誤爆」か？

ベトナムでの経験や、ずっとのち、中東の「イラク戦争」などのたびに空爆の結果を新聞紙上で検証していると、ほぼこんなことが推測できた。

たとえば、村に逃げこんだゲリラ一人を殺すために空爆すれば、少なくとも村人十人は巻きぞえで殺される。しかも、殺された人たちの中に、目標のゲリラはいなかった！　というケースも多いのである。

二〇〇一年の「同時多発テロ」のあと、ブッシュ・アメリカ大統領（息子のほう）は、首謀者のビンラディンをかくまっているとしてアフガニスタンを空爆し、兵六万人を派遣した。アメリカ側の死者は四十一人。アフガニスタン側の死者数は不明だが、民間人の死傷は四千人以上といわれている。その多くは「空爆」によるはずである。

大まかにいうなら、ビンラディン一人を殺すためには、民間人数千人を殺さなければならないということになる。

飛行機による史上初めての「空爆」は、一九一一年十月二十六日、トルコ領リビアの植民地化を目指すイタリア軍が、飛行機から敵陣に手榴弾を投下したときだという（荒井信一『空爆の歴史――終わらない大量虐殺』岩波新書）。この「手作業」のような「空爆」が、いまや精密誘導兵器による、はるか遠くの海上からの攻撃に姿を変えた。

ベトナム戦争で、アメリカは六万人近い兵が犠牲になったのに、結局は「敗北」した事実が、それ以後の戦争で「空爆」への依存度を高めたといわれている。

精密誘導兵器の効果が、テレビなどでさかんにみせつけられる。なるほど、見事に命中する。まるで百発百中みたいに。しかしあれはサッカーのニュースの「ハイライト・シーン」が、鮮やかなゴールのところだけをみせるのと同じだと思ったらいい。

「湾岸戦争」では、軍の発表した戦果は、三〇％の誇張だといわれている。

太平洋戦争における「大本営発表」はウソだらけだったが、アメリカ軍にしたって「大本営発表」があるのだ。

とはいえ、ぼくごとき特派員にも、アメリカ軍はいろいろ便宜を払ってくれたのはさすがだなぁ、と思った。前線近くまで出かけたいと思って、司令部で待っていると、ヘリに便乗させてくれるのだった。

大型のヘリに乗りこんで兵士の間に割りこんだ。大きな機関砲が何丁も地上に向かって突き出ている。兵は血走った目で、眼下のジャングルを見詰めていた。動くものがあったら撃つ！　という構えだ。眼下に広がる緑の底から、いつロケット弾が飛んでくるか知れたものではなかったからだ。

ただし、特派員たちの取材に大いに協力した結果、ベトナム戦争のほんとうの姿が世界に伝えられた。「なんだ、アメリカは勝っていないのか？」という大いなる疑問が生じて「ベトナム反戦運動」のうねりになっていった。のちの「湾岸戦争」などで、報道規制がすっかり厳しくなった原因の一つは、そこにあった。

アメリカ兵たちが「ベトコン」と呼ぶ「ベトナム解放戦線」のゲリラは、ベトナム同胞にまぎれて神出鬼没。サイゴンを一歩出れば、昼間はサイゴン政権軍・アメリカ軍の支配下にある村や山野も、夜になれば「解放戦線」の支配下になってしまうのだ。

空軍基地の火薬庫がゲリラに爆破されたときは、大音響とともに、街の中心部にあるホテルのぼくの部屋の窓ガラスも割れた。

昼間の繁華街はまるで「平和」で、民族衣装アオザイのすそをひるがえして、娘たちが颯爽と往来し、大勢の「戦争孤児」たちは元気にタバコ売りや靴みがきにいそしんでいる。

屋台のフォー（米粉のウドン）に、ドクダミやパクチーの若い葉を山盛りにして食らいつく。中華街の味は絶品だし、フランス料理もなかなかのものだ。話のタネにとゴルフに行ったら、ところどころにトーチカがあって、機関銃がニラミをきかせ、兵がタバコを吹かしていた。フェアウェイ以外は、かつて「ベトコン」が侵入したときに埋めていった地雷がそのままになっているので「立ち入り禁止」だった。

戦争と享楽と頽廃が同居しているのがサイゴンだった。タンソンニュット空港は、国外に逃げ出す人びとで混乱していた。ドルを手渡せば荷物検査もなしで通過となった。

夜になると子どもたちは、閉ざされた店の軒下で丸くなって眠っていた。そんな中に、障害を負った子が多いのに気がついたけれど、ドンカンなクツワダ特派員の頭に、疑問の「なぜだ？」はまだ浮かばなかった。

やがてその「なぜだ？」が激しく呼び覚まされることになる。

◆

小倉貞男『ドキュメント　ヴェトナム戦争全史』（岩波現代文庫）

枯れ葉作戦

若者たちに「ベトナム観光」が人気を博している。「最新ベトナム料理」と大見出しを掲げたガイドブックを開くと、ホーチミン（旧サイゴン）や首都ハノイなどの「グルメ料理」が満載だ。

黒雲と豪雨と泥濘と砲声の町だったダナンも、いまや「憧れのダナン・リゾート」だ。ホーチミン近郊のクチの地下トンネル基地が観光地になって、「ベトコン陣地」と見出しが踊る。「ベトコン」とは、苦戦を強いられていたアメリカ兵が、憎しみをこめて「ベトナム民族解放戦線」のゲリラを呼んだ蔑称《べっしょう》だった。

かつて戦争の末期、トンネルは「首都サイゴン」のアメリカ大使館の下まで掘られていた。「ベトナム反戦運動」に刺激を与えた衝撃の大使館襲撃事件のときは、その穴から「ベトコン」が飛び出てきたのである。

とても小さな写真にハッとした。「メコン川のクリスマスツリー『蛍』鑑賞、所要時間7時間30分、USドル80」とあった。それを目にした瞬間、ぼくの脳裏に、メコン川の闇でみた巨大な「黄金の輝き」が明瞭に浮かびあがったのである。

そこでまた昔話に戻る。「なぜ？」ならば、その底に流れる歴史はいまなお終わってはいないからだ。「酔眼耄碌ジャーナリスト」としてのぼくの「永遠のテーマ」である、「加害」と「被害」の関係を明らかにする努力は、いまもなお求められている。

しばらくしてぼくはヒョンな事情で、テレビ朝日の「ビッグ・ニュース・ショウ・いま世界は」という新設の報道番組に出演することになった。

毎週金曜日の夜、一時間近い番組で、まだ学生だった安藤優子さん（安藤さんは鋭いジャーナリストとして、いまも活躍している）と二人、キャスターを務めることになったのである。週一回とはいえ、一時間近い報道番組はテレビ界で初めて。しかも、ＴＢＳ、ＮＴＶとの三局の競演となった。

そこに「ベトナム戦争」の傷跡が、戦後の南ベトナムに色濃く残っているという情報が入った。アメリカ軍が戦争中に空から散布した「枯れ葉剤」が、子どもたちに深刻な影響を及ぼして、障害児が続出しているというのだ。

前に述べたように「ベトナム戦争」の末期にぼくは、従軍記者として現地を歩いている。そのころサイゴンで発行されていた英字新聞が、ごく小さな記事でそのような事実を報じていた記憶がよみがえった。盛岡支局で学んだ新聞記者としての心得をいつも忘れずにいたつもりだったのに、どうしたことか、その「小さな記事」に飛びつかなかったのである。

その悔しさを胸に秘めて、茅野臣平ディレクターや日本電波ニュースの映像クルーのみなさんと、南北が統一されたベトナムの首都ハノイに飛んだ。

ベトナム・東独（旧）友好病院に案内された。そこでだれに対面するのか、茅野さんはぼくに内緒にしたままだ。病室に入った。ベッドに、二人の赤ちゃんが横になっている。一人は眠り、かけられた布の反対側の位置に顔を出したもう一人は笑っていた。

医師がその布を取った瞬間のショックは、いまも記憶の奥に残る。赤ちゃんは、一つの胴体を共有していたのである。一つの胴体の両側に、それぞれ頭部がのっているのだ！

絶句するぼくに医師が淡々とした口調で説明してくれた。これは、一胴二頭の「二重体児」であり、アメリカ軍が戦争中に行なった「枯れ葉作戦」の後遺症なのだと。

これが、「ベト君・ドク君」との初対面だった。その映像は放映されて、日本に初めて二人の存在が紹介されたのである。

「枯れ葉作戦」とは、一九六一年ごろから七五年にかけて総計約七千二百万リットルの「枯葉剤（除草剤）」が、南ベトナムの林野の、関東全域に匹敵する範囲にまかれた作戦をいう。

この薬剤には、「ダイオキシン」という地上最悪の毒物が含まれている。高熱を加えても分解せずに土壌にいつまでも残留し、ガンの発生や奇形を生じさせる性質がきわめて高い毒物である。

「ベトコン」は深いジャングルに潜んで、待ち伏せ攻撃をしかける。米軍は最新鋭の兵器を使ったが苦戦した。そこでジャングルを枯れ死させようと考えたのである。

当然ながら、林野に点在する村落もそれを浴びた。その結果が障害児の出産だった。ベトナムはもともと障害児が特に多いという風土ではなかったのに、戦争の激化とともに、各地の病院で障害児の出生が報告されるようになっていった。

「北」の兵士たちで「南」の戦場から帰還した人たちにも影響は現れていた。ダイオキシンという「化学兵器」を空中から散布するわけだから、必然的に、敵も味方も民間人も襲われる「無差別攻撃」だった。アメリカ軍兵士も、ジャングルの中での戦闘で「枯葉剤」を浴びていた。戦後のアメリカでも「枯葉剤」の後遺症が大規模な裁判になった。

「ダイオキシン」という毒物は日本ではほとんど知られていなかったけれど、ベトナムで使われた「2・4・5・T」という枯葉剤は、昭和四十六（一九七一）年まで、「安全な除草剤」として日本でも大量に使われていた。

アメリカで製造・使用が禁止されたあと、かなり経ってから日本でもようやく禁止となっている。この一連の「枯葉剤」後遺症報道が、その後の日本の農業における「反農薬運動」

の一つのきっかけになった。

この取材旅行での収穫は、フランスに対するベトナム独立戦争の「英雄」、「ディエンビエンフー要塞」攻略の指導者ボー・グエン・ザップ将軍にインタビューできたことだった。楽聖ショパンが大好きで、自身もピアノを弾く。フランスが与えるインドシナ最高の学位である法学博士だとは知らなかった。

メコン川の大三角州も「枯れ葉作戦」の被害地である。広大なマングローブ林が枯れて荒野と化した。

ミトーという町から小舟で、小さな流れが無数に交錯する三角州を目指した。取材が終わって帰途、真っ暗闇の川をミトーにむかって遡る。文字どおりの「闇」の奥に黄金色に輝くものが聳えているのがみえてきて驚いた。高さ十メートルほどの樹木が、蛍に埋め尽くされて輝いているのだ。たぶん、何億という数だろう。ただ呆然と見守るばかりだった。

その黄金色の「塔」は、ゆっくりと呼吸するように明滅しつづけるのだ。ぼく自身が溶けこんでしまうような闇の奥に、それは次第に遠ざかり、消えていった。夢のような出会いと別れだった。

「ベト君」「ドク君」の体の分離手術は成功したけれど、残念ながらやがて「ベト君」は死去してしまった。足は不自由でも元気な「ドク君」を中心とする「平和運動」は、日・ベトナムをつないで現在もつづいている。

わが埼玉でも、日本ペンクラブ会員の平松伴子《ひらまつともこ》さんが日本ベトナム平和友好連絡会議会員として立派な『ベトナムレポート』を出版しつづけている。そのレポートで平松さんは、「枯葉剤」という表現はごまかしであり、あれは「ダイオキシン」そのものだったし、日本企業製だったと糾弾している。日本も「ベトナム戦争」の「加害者」だったわけである。

ベトナム民衆の多くは被害者だった。アメリカ国家は一方的に加害者だった。アメリカ軍兵士の多くは加害者だったが、味方による「無差別攻撃」によって被害者となった兵士もいたことになる。

イタリアの古都ミラノで、ダ・ヴィンチの「最後の晩餐」を鑑賞したあと北へむかい、セベソという小さな町に入った。ここの除草剤工場が大爆発を起こして、ダイオキシンが飛び散り、住民は強制疎開させられた。「最後の晩餐」的光景が展開したのである。ベトナムでの作戦が大規模だったため、アメリカ国内の生産だけでは間に合わず、アメリカ軍はこの工場や日本から輸入した。

昔、盛岡で松本支局長がストーブのかたわらで語ったように、「加害」と「被害」の関係を明らかにする努力は、世界にむけて、絶え間なくつづけなくてはならないのだ。

なお「ダイオキシン」については、綿貫礼子《わたぬきれいこ》さんのように、早くから注目して研究していた学者もいることを忘れてはならない。

◆

尾崎望・藤本文朗編著『ベト・ドクと考える世界平和　今あえて戦争と障がい者について』(新日本出版社)。
中村梧郎『母は枯葉剤を浴びた』(岩波現代文庫)
轡田隆史『ベトナム枯れ葉作戦の傷跡』(朝日文庫)

第五章　「なぜ？」を言葉にして自分に問いかける

「首切り」公開処刑

「ベトナム戦争」のパリ和平交渉は年を越してしまった。いったん帰国したのがたたって、交渉が成立して「平和」を迎えた日のベトナム民衆の姿をみることはできなかった。

しかし、また戦闘は再開して、一九七五年四月、北ベトナム正規軍とベトナム解放戦線はサイゴン政権を崩壊させ、アメリカ軍も完全に撤退した。アメリカ史上初の敗北であった。悲願であった民族統一が実現し、一九七六年、ベトナム社会主義共和国が成立した。

……などと、ひたすら二十世紀の「ベトナム戦争」について語ってきた。もちろん、この戦争の影は二十一世紀の今日にも尾を引いているが、一方でわれわれは「中東」の動きに、そのころはほとんど関心を払わないできた。

昭和四十八（一九七三）年に、「第４次中東戦争」の影響で「石油危機（オイル・ショック）」に襲われて、コンビニのトイレット・ペーパーが売り切れる騒ぎになるまでは、「中東」なんて遠い世界と思いこんできた。

イスラム教という何だかよくわからない宗教。戒律が厳しくて、豚を食べてはいけない、

「一夫多妻」が認められている、なんていう話が興味本位に広がっていただけ。

ところが一九五〇年代には、中東一の大国イランで、中東どころか世界に深刻な影響を及ぼす変動が起きはじめていた。いわゆる「イスラム革命」である。

二〇一八年現在、トランプ大統領がイランに対して強硬な行動に出たため、世界経済にも影響が出ている遠因は、そのあたりにあるといえるのだ。

というわけで、「中東」での「被害」と「加害」の仕組みを解明しようと、さまざまな問題意識を「先取り」して、昭和五十四（一九七九）年から翌年にかけて四カ月間、八人の「中東取材班」を編成して中東を駆け巡った。

自画自賛すれば、たぶんそれは「空前絶後」の企画といっていいだろう。まず費用も大変だったが、何より重要なのは、イラン、イラク、サウジアラビア、クウェート、バーレーン、カタール、アラブ首長国連邦、オマーンという、閉鎖的なイスラム教国が、こころよく異教徒のチームを受け入れてくれたことである。「なぜ？」ならば、「石油危機」などを通じて、日本人に「中東」がいかに理解されていないかという事実が、各国に知れわたったからだ。「経済大国」日本にも理解を求めたいという思いが強まっていたのだろう。

キャップであったぼくにとってとても印象的であったのは、ペルシャ民族のイランは別として、どのアラブ民族の国を訪れても、窓口の人はほとんど「パレスチナ人（アラブ人）」だったことである。

パレスチナ人は「祖国」がなく、多くは難民となっている。頼りになるのは教育だけなのである。そのせいで教育程度も民度も高く有能だが、「反米」「反体制」意識が強いため、煙たがられる面も多い。その彼らが必ず口にしたのは、「オイル・クライシス（石油危機）」の本質は「パレスチナ問題」にあるということだった。だから「パレスチナ問題」が解決しない限り「危機」は何度でも起こり得る、と。

しかも四カ月の旅のうちに、日本には詳しくは伝えられていなかったが、イスラム世界に異常な流れが生じていたのである。「イスラム原理主義」の急速な広がりだ。

中でも衝撃的だったのは、一九七九年十一月に起きた「カーバ聖殿襲撃事件」である。「カーバ聖殿」とはサウジアラビアにあるイスラム教の最高の聖地メッカの中心にある聖なる場所で、世界のイスラム教徒は、一生に一度はそこを訪れたいと願っている場所なのである。

サウジアラビアの首都リアドの石油省で大臣に面会していたとき、ちょうどその時刻になったのだろう、大臣は「ちょっと失礼」といって、部屋のすみに敷いてあるジュウタンの上で祈りを捧げはじめた。

　世界のどこにいても、一日五回の祈りは、「カーバ聖殿」のあるメッカにむかって行なわれる。東京にいるイスラム教徒だって、毎日そうしているのだ。

　われわれはアラブ首長国連邦に滞在してサウジアラビアの「入国許可」を待っていた。その交渉をしてくれるのは、連邦で暮らす「パレスチナ人」の情報省対外広報局長である。パレスチナからの難民だった。

　ようやく許可が出たころ、メッカでこの大事件が発生した。一九七九年十一月二十日未明、「マハディ（救世主）」と名乗る神学大学出身の青年に率いられた二十代の若者の武装集団が「カーバ聖殿」を占拠しようと行動を起こしたのである。

「イスラム暦」（イスラムの『予言者ムハンマド（マホメットとは日本式の呼び方）』がメッカからメジナに移った西暦六二二年を紀元とする暦。現実には西暦が使われているが、アラブの新聞などでは二つの暦が並記されている）千四百年を迎えて、数千人の巡礼者が夜明けの祈りを捧げているときだった。

　治安部隊とほぼ二週間にわたる攻防で、襲撃グループの死者七十五人、治安部隊側死者百二十人、負傷者四百六十余人の惨劇となったのである。

銃声轟くテレビを見詰めながら、これは入国できそうもないな、と悲観的になっていたが、意外にもサウジは、世界のイスラム教信徒に対しても情報を提供すべきと考えたらしく、内外の記者を集めて記者会見を開くという。

大急ぎで首都リアドにむかった。内務省講堂には百人ほどの記者が集まり、大勢の治安警察官に護衛されながら内務大臣たちがやって来た。

チェコ製の機関銃、ライフル、旧式の猟銃など、展示された武装集団の武器は古色蒼然たる時代物ばかりで、この過激派集団の「超保守的」性格を雄弁に物語っていた。

大臣は「イスラム教を曲解した無知に基づく狂信的、衝動的行動である」と語り、「一味はラジオ・テレビの放送を禁止せよと要求している」ことも明かした。

たとえ衝撃的な「メッカ」史上初めての大事件とはいえ、ぼくがいま四十年も前の出来事を詳しく語るのは、なぜか？

二〇〇一（平成十三）年の「ニューヨーク同時多発テロ」の首謀者ビンラディンは、サウジアラビアの出身であり、イスラムの聖地のあるサウジに異教徒アメリカの基地を置くのは神に対する冒瀆だ、と主張していたことを思い出すからだ。

いまになって、イスラム過激派のテロに世界はおびえているけれど、ぼくたちがサウジアラビアで体験したように、半世紀も前にすでに始まっていたのだ。

過激派の、いわゆる「イスラム原理主義」は、イスラム教の創始者ムハンマドの時代への「回帰」を唱えて、近代文明の象徴であるラジオ・テレビなどの存在を「嫌悪」しているのである。

「カーバ聖殿」襲撃で逮捕された六十三人の公開処刑が王宮前広場で行なわれる、というウワサを耳にしたわれわれは、広場に駆けつけた。

処刑の「首切り」は早朝に実施されたあとで間に合わなかったが、長い刀をふるってつぎつぎに切り落としていったそうだ。広場は興奮した群衆に揺れ動き、白衣の「宗教警察官」が長いムチをふるって追い払っていた。

石畳の広場には一面に、血を洗い流すための砂がまかれて、血がにおっていた。首はカゴに詰められて運ばれていったという。

サウジアラビアは、イスラム教の多数派であるスンニ派の中で、最も戒律の厳格なワハブ派である。「変革」を迫る「力」が強まれば、逆にそのような背景の中から、イスラム本来の伝統に戻れという「原理主義」が生まれてくることになる。しかも現実には「パレスチナ問題」にみられるように、イスラム教徒が欧米の強国とイスラエルに迫害を受けているとなると、これと闘うことこそ真のイスラム精神だ、と過激派は考えるようになるのだろう。

日本からみてわかりにくいのは、そのサウジアラビアやアラブ首長国連邦が、同じアラビア半島にあるイエメン（もちろんアラブ民族の国）を攻撃していることだ。それは、イエメンの内戦にイランが介入しているからだが、アラブ民族とは異なる「ペルシャ民族」の大国イランで進行している「イラン革命」は、フランス革命、ロシア革命、中国革命という、世界三大革命に匹敵するほどの広がりと、深さをもっている。

その「革命」が、多くは王政であるアラブ民族の国々に広がってくるのではないか、とサウジなどは警戒している。現にイエメンに影響が出ているわけだ。

イランのその「革命」の渦中に、「中東取材班」は、サウジアラビアから入る予定だったが、思わぬトラブルでギリシャの古都アテネに一カ月も足止めをくった。

そのトラブルというのが「アメリカ発」なのである。

「イラン革命」の宗教指導者ホメイニ師を猿のように描いたマンガをアメリカの新聞が掲載し、それをまた朝日新聞が転載した。イラン政府は大いに怒り、朝日は入国させない、となったのである。

これぞまさに大論争になった書物『オリエンタリズム』の著者、アメリカの学者エドワード・サイード（一九三五〜二〇〇三）の『イスラム報道』が指摘した、欧米のイスラム報道の一つの典型だった。

日本の「中東報道」は、多くを欧米、特にアメリカ報道に頼ってきた。だからこそ「中東取材班」は、われわれ自身の目と耳で中東を取材しようという意気ごみで出かけてきたというのに！

◆

サイード著・今沢紀子訳『オリエンタリズム』（平凡社ライブラリー、上下）
サイード著・浅井信雄など三氏共訳『イスラム報道　増補版』（みすず書房）

ペルシャ語の「七人の侍」

アメリカの新聞が、「イラン革命」の指導者ホメイニ師をマンガの猿に描いた行為は、イランに対する、アメリカの憤りと悪意を象徴するものだったのである。

それをまたわが朝日が、ホイホイと転載してしまったのは、日本の中東報道の立ち位置を明らかに示すことになった。アメリカ寄り報道、アメリカ頼り報道と批判されても仕方がなかった。

もっとも、アメリカが憤るのも無理はないだろう。なぜならば、ホメイニ師が亡命先のパリから帰国してすぐ、一九七九（昭和五十四）年十一月、テヘランのアメリカ大使館がイランの若者たちの「革命警備隊」に占拠され、館員たちが人質にされているのだから。つまり、アメリカとイランは、一種の「戦争状態」にあったのだ。

そんな状態のとき、われわれは何とかイランに入国ビザをもらい、テヘラン空港に降り立ったのである。大いに緊張していた。ところが、人びとの表情はいたって平静、朗らかなので、いささか拍子ぬけした。

早速、アメリカ大使館に行ってみた。正門は厳重に閉ざされている。人質の館員たちはどこかに移動させられているらしい。

「革命警備隊員」はみんな若く、ノンビリとした顔つきだ。自動小銃を肩にかけているが、そばに寄ってみると、銃口に小さな花がさしてあった。カメラをむけると、まるで「はい、チーズ」みたいなポーズをして、笑ってくれた。記念写真を頼んだら、カメラを受け取って気安くシャッターを押してくれた。

占拠されたアメリカ大使館前で。
右上は「ホメイニ師」肖像。右が著者

ホテルの部屋にはルーム・サービスのメニューがあり、酒も並んでいたので喜んだら、それは「革命」前のもので、いまはダメということだった。

しかし、いまは亡き金丸文夫支局長のいる支局に行けば、ウイスキーもビールも飲めるし、寿司屋（純日本の！）に行けば、イラン特産の金色に輝くキャビアで一杯やれるのであった……酔って騒ぐわけにはいかないけれど。

アラブ人の国々ではどこでも通訳兼監視役がいっしょだったが、ペルシャ人の国イランでは、単独で英語を使いながら、まったく自由に行動できた。

空路、イラン中南部の古都シーラーズに行った。ペルシャの大詩人サーディー（一二一三?〜一二九一?）、ハーフィズ（一三二六?〜一三九〇）の立派な墓がある。詩人の墓が観光名所にもなっているイランは「詩の国」なのである。世界の日刊新聞で一面に詩が掲載されているのは、当時の朝日新聞の、いまは亡き偉大な詩人大岡信《おおおかまこと》さんの「折々のうた」とイランの新聞だけのはずである。

シーラーズ郊外の、紀元前六世紀に建造の始まった遺跡「ペルセポリス」の壮観であることはいうまでもない。

帰りはバスにした。満員で、異邦人はぼくだけだった。互いに手ぶり身ぶりでいろいろな食べ物をもらいながら一夜の旅を楽しんだ。若者たちがときどき、「アッラー・アクバル！（神は偉大なり）」と合唱するのが、いかにも「イラン革命」「イスラム革命」らしかった。

……と、旅の日常のあれこれを列挙するのは、日本にいたときにはさまざまな報道によって、イランが混乱の極にあり、危険極まりない状態だと思わされてきたからである。しかし、旅をしてみたら、こんな具合だったのである。日本人をはじめ外国人観光客の姿はみなかった。おかげでぼくはガラガラの大観光地をノンビリ楽しめたわけだ。

さて昨今のイランだが、オバマ大統領は、イランの核開発停止合意と引き換えに経済制裁を解除したが、トランプ大統領はその合意を破棄して制裁を再開してしまった。

イランは、二〇一五年に欧米など六カ国と結んだ「核合意」に従って、核開発の制限を順守してきた。国際原子力機関（ＩＡＥＡ）もそれを認めているのに、トランプは一方的に合意から離脱したのである。

「なぜ？」このような差が生じるのだろうか。オバマには、たとえばかつてアメリカがイランに対して行なった「陰謀」の歴史をも踏まえて配慮するような理性があるが、トランプはそんな歴史などにまったく関心はなさそうなのである。あるのは目先の打算だけ。

これで多少は落ちついていたはずの「イラン問題」は、二〇一八年現在の重大な国際問題となってしまった。

「なぜ？」トランプはそんな強硬なことをしたかといえば、大統領が支持するイスラエルをイランは敵視しているからだ。


イラン・パフラビー朝の第二代国王パーレビは、アメリカと親密だった。しかし民族運動が盛んになり、その代表モサデグ首相は、イギリスに握られていた石油企業を一九五〇年代に国有化し、当時の「国王」パーレビと対立した。身の危険を感じた国王は海外に逃げたが、一方でアメリカ政府の「ＣＩＡ（中央情報局）」が暗躍してクーデタを起こし、モサデク首相を逮捕して国王を復権させた。
のちに『ニューヨーク・タイムズ』は反省をこめてこう書いた。「真の意味でシャー(王)を創造したのはわれわれだった。われわれは合法的なモサデグ政権をCIAのクーデターでひっくり返した」

当時、民族運動に加わっていた老人に、ぼくは首都テヘランで会った。このCIAによるクーデターがいかに悔しかったかを、いきいきと語るその表情を、いまも記憶している。「イランの国土に産出する石油だ。イラン国民のために使うべきだ!」と。

イラン民衆の民族運動をアメリカにつぶされた歴史は、「加害者」であるアメリカの人びとはあまり知らないし、知っていてもすぐ忘れてしまった。

しかし「被害者」は忘れない。

現代イランはイスラム教国であり、アラビア語で記された『コーラン』を聖典として、文字もアラビア文字である。だからアラブ民族と混同されがちだが、ペルシャ語をしゃべるペルシャ民族の、古い歴史を誇る国である。

奈良時代、ペルシャから砂漠の「シルク・ロード(絹の道)」をラクダの背に運ばれてきたガラス製品、琵琶などが、奈良・正倉院に保存されて国宝になっている。

年に一回、国宝は奈良国立博物館の正倉院展で公開されるが、その古代ペルシャの美を見詰めながら現代イランの歴史を想う人は、果たしているのだろうか？

「ＣＩＡ」のおかげでパーレビ国王は復帰したが、国民の生活格差は広がり、しかも、もともとこの「王朝」の歴史はパーレビ国王がやっと二代目という浅い歴史しかないため、民衆の人気、支持もそれほどではなかった。

七千万近い人口の九割はイスラム教シーア派で、「シーア派」を国教としている国は世界でイランだけ。圧倒的多数はサウジアラビアなど「スンニ派」だ。

ムハンマド（マホメット）の後継者を定める争いで「殉教者」となった人物を祖とする「シーア派」は、イスラム世界の少数派であるため、常に「反体制派」的立場に生きてきた。一方「スンニ派」は、予言者の昔からこうだった、という「現状容認的」立場だ。

信徒の導師は「ウラマー」と呼ばれ、その最高指導者が「法学者ホメイニ師」だ。巨額の石油収入は、銀行を通じて海外に流出するか、ごく少数の王族など特権階級を潤すだけで、民衆には回らなかった。

ホメイニ師の指導のもと、反体制運動に都市の商人、さらに大学生が加わる。国王の弾圧によってホメイニ師は隣国のイラクへ、さらにパリに亡命する。

一九七九（昭和五十四）年、運動の高まりによって国王は亡命し、ホメイニ師はパリから帰還する。これが「イスラム革命」であり「イラン革命」である。アッという間に王国はイスラム共和国に変貌したのである。

これは、二十世紀後半における世界の革命の中できわめて特殊な現象だった。それまでの世界の革命の主役はほとんどが軍部だったが、イランのそれは、宗教の力が民衆を動かして政治革命を実現したのだから。

この「革命」にアメリカは驚いたが、もっとショックを受けたのは、中東アラブ諸国のサウジアラビアなど王制、首長制の国々だった。革命が輸出されてくるのではないか？　という恐怖におびえたのだ。

そして、テヘランのアメリカ大使館が「革命警備隊」によって占拠される。ぼくたちがテヘランに着いたのは、ちょうどそのころだったのである。

◆

宮田律『物語　イランの歴史』（中公新書）
桜井啓子『現代イラン　神の国の変貌』（岩波新書）

「処刑の恐れ」？

「なぜ？」テヘランにあるアメリカ大使館は占拠されたのだろうか？

三十年近くも前に、イランに石油を取り戻した「モサデグ首相」をアメリカがＣＩＡを使って潰した歴史を、イラン国民は忘れてはいなかった。歴史に対する報復である。

「加害者」は加害したことを忘れてしまうが、「被害者」は被害を受けたことは忘れない。

アメリカ国民の多くは、三十年近くも前のＣＩＡの陰謀なんて知らなかったか、知っていたとしても忘れてしまっていた。だから、テヘランのアメリカ大使館が占拠されるなんて、突然の暴挙としか思えないから大いに怒った。


そのアメリカも、自分たちが「被害者」になった歴史は忘れないらしい。

二〇一八年六月、安倍首相はワシントンを訪れてトランプ大統領と会談した。日本の外務省は、「きわめて友好的で、日米同盟の強固なことをまた確認できた」と発表した。

ところが八月二十八日、アメリカの有力紙「ワシントン・ポスト」電子版はこう報じた。

「この六月の会談で、トランプ大統領はいきなり『真珠湾攻撃を忘れないぞ！』と前置きしたうえで、難航している通商問題の協議を始めた」

「真珠湾攻撃」とは、昭和十六（一九四一）年十二月八日（アメリカでは七日）、日本軍がハワイの真珠湾に襲いかかった「奇襲攻撃」のこと。太平洋戦争は、この攻撃で始まった。

大統領も首相も、そのころはまだ生まれていない。その大統領が、七十七年前の「真珠湾攻撃を忘れないぞ！」と、いきなりパンチを繰り出してきたのである。「宣戦布告前のダマシ撃ち」「リメンバー　パールハーバー」。これは、往年のアメリカ国民の合言葉だった。


この報道について菅官房長官は、「そのような事実はない」と懸命に否定した。「なぜ？」懸命に否定したのか？　そうしなければ、首相が通商協議で押しまくられたような印象になるし、日米の関係が磐石とはいえないと思われてしまうからだ。

首相は大統領とゴルフをしたことを得意がっているようにみえるけれど、相手は七十七年前の「真珠湾攻撃」を忘れないでいる人物なのだ。「なぜ？」大統領はわざわざ「真珠湾」をもち出したのだろう？　たぶん、「アベ・シンゾウ」は「シンジュワン」を忘れているだろう、と考えていたからではないか。「シンゾウ」に限らず、日本人みんなが忘れてしまっている、と思っているのかも知れない。残念ながら、その認識は正しい。「真珠湾」の「被害者」アメリカは忘れないけれど、「加害者」である日本は忘れてしまっている。

この「秘話」は、もう一つのことを連想させてくれる。

日本側の発表は、都合の悪い「事実」をまた隠していたのである。「ゴルフ仲間」の「お友だち」のつもりだったが、じつは相手はまるっきり醒めている。それがバレては困る。つまりあの太平洋戦争のときの「大本営発表」がまだつづいているのである。官房長官は否定したけれど、状況から判断すれば否定は、無理だろう。大統領は「シンゾウ」が困っているときけば、得意の「報道はウソだ」とツイッターに打ちこむかも知れないけれど……。

それに日本国民の「得意技」は、何でもすぐに忘れてしまうことだ。考えたくないことは考えないようにすることも、得意だ。

こう記しながらも、ぼくの想いは盛岡の、あのストーブを囲んだ語らいに戻る。あのときに学んだいくつもの、ジャーナリストとしての素朴ではあるけれど基本的な心構えは、遠い「中東」にあってもどこにあっても大切なことなのであった。

またくり返せば、①「被害」と「加害」の関係を明らかにするように努める②いつでも「なぜ？」という疑問を言葉にして自分自身に問いかける③町や村で出会う人びとの話に耳を傾ける……。

ジャーナリストに限らず、だれにとってもこれは、人間らしく生きるための基本ではなかろうか、とぼくは愚考している。

さて、昭和五十五（一九八〇）年四月、アメリカのカーター大統領は、人質になっている大使館員の救出を強行した。空母から大型ヘリコプターを発艦させて内陸にむかうも、砂嵐に巻きこまれて大失敗に終わった。

そのとき東京の朝日新聞社内にいたら、朝刊のゲラ刷りの一面に「大使館員、処刑の恐れ」という大きな見出しがあるのに気がついた。ぼくたちは、「これはワシントン情報だろうが、イランはこのような野蛮をする国ではない」と批判して見出しを小さくさせた。当たり前のことだが、のちに人質は全員、無事に釈放された。

アメリカやヨーロッパの諸国は、「中東」の国や民族の上に君臨したり介入したりしてきたから、利害関係が入り組んで、偏見や先入観にとらわれやすい。「加害」と「被害」の関係が、激しく入り組んでいるのが「中東」なのである。

そういう意味では日本は遠いところにいるから、歴史的には何ごとにも深入りはしてこなかった。だから「中東」の人びとは日本に対して好意的なのである。偏見や先入観によって歪曲されがちな欧米政権の見方や「中東報道」に、日本のわれわれまで振り回されてはならないと、あらためて思う。

カーター大統領は救出作戦の前に、エジプトのサダト大統領とイスラエルのベギン首相を招いて国交を樹立させ、「和平」をもたらしていた。しかし「パレスチナ問題」ぬきのイスラエルとの和解は、イスラム原理主義者の反発を呼び、やがてサダトは暗殺された。「被害者」パレスチナをそのままの状態に置いたまま「加害者」イスラエルと手を握った、と受け止められたからである。

ジョージア州の片田舎に生まれたカーター大統領は「人権外交」を掲げて奮闘した。しかし「パレスチナ問題」と、第二次石油危機をもたらした「イラン革命」が命取りになってレーガンに敗れた。

一九八〇年九月、アラブ民族の国イラクが、ペルシャ民族の国イランに侵攻した。イラクのフセイン大統領は、イラン国内が「革命」で混乱しているいま、「革命」が輸出されてくるのを恐れているアラブの専制国家の「防波堤」になり、あわせてかねてから不明確だった国境を越えて領土を奪おうと考えた。

この戦争は八年間もつづき、双方の死者は百五十万人にもなった。イラク側は化学兵器を使用した。「反米」主義者どうしの戦争であり、イラン・イラクともに、欧米製の武器で戦った「武器の同士討ち」戦争でもあった。

一方でこのころ、アフガニスタンでは「ソ連軍」が侵攻。やがて泥沼状態になり、その渦中から「過激派組織タリバン」が生まれ、サウジアラビアなどの支援を受けて成長してゆく（一九九一〈平成三〉年十二月、「ソ連」は消滅した）。

「ブッシュの戦争」

埼玉県民であるぼくが誇りに思っていることの一つは、川口、蕨《わらび》の両市には「クルド族」の人びとが大勢暮らしている国際性である。その人びとの主な出身地「クルディスタン（クルド族の土地）」をもじって、「ワラビスタン」と呼んでいたりするのも愉快だ。

埼玉のこの地域は、伝統的な鋳物工場など中小の工場が多く、外国人労働者は重要な存在として、あまり違和感もない。日本クルド文化協会によると、ざっと二千人ほどらしい。

「クルド族」は、イラン、イラク、トルコ、シリアなどの国境山岳地帯に居住する民族で、総数は二千万近いと推定されている。

しかし、クルドの国家はない。かつて「ソ連」の後押しでイランのすみに「クルド人民共和国」を創ったことがあるが、すぐにイラン軍に滅ぼされてしまった。

埼玉にいる人びとの多くは、トルコの旅券で来日しているが、日本政府はこの人びとを正規の「難民」と認定しない。「難民」の認定には政治的な迫害を受けていることが条件だが、日本はトルコと友好関係にあるため、トルコに「政治的迫害」のあることを認めるわけにはゆかないのだ。政治のご都合主義によるゴマカシである。

いかにも「小さな考え方」ではないか。人道主義の立場に立って、「大きな判断」をくだすことができないのは「なぜ？」なのだろうか。

古い歴史と伝統と豊かな文化を誇る人びとが、埼玉のすみで、きわめて不安定な身分のままに暮らしている現実を重視したい。その意味でも、われわれは「中東」のこのような歴史をきちんと見詰めなければならないと思う。

イラクには二回行っているけれど、どちらも「独裁者」フセイン大統領が健在のころだ。「圧政」の下にあるはずだったけれど、ほかのアラブ諸国に比べればまあ自由に行動できた。だが、「クルド族」の住む地帯の取材は許可されなかった。この誇り高い民族は独立運動も進めているため、イラク、イラン、トルコ、シリアで迫害を受けつづけているのである。

イラクはなにしろ世界四大文明発祥の土地だし、聖書でもおなじみの地域だ。首都バクダッドの国立博物館に行ったら、ロンドンの大英博物館やパリのルーブル博物館でみたのと同じ古代の遺品がいっぱい並んでいた。イラクのがコピーで、ロンドン、パリのが実物なのは、欧州列強に翻弄されてきた「古代文明の地」の悲劇の象徴である。

手まね身ぶりでバスに乗り、古代遺跡「バビロン」にも行った。四千年近くの昔、「バビロン第一王朝」の首都になったところで、鮮やかな藍色の陶板で飾られた「イシュタル門」

が有名だけれど、その本物はベルリンの博物館でみた。ここにあるのは、修復された灰色の粘土の塔だった。

見物客はぼくだけ。銃をかついだ兵士が一人いた。広大な廃墟そのものの古代都市をみて歩いていると、その兵士が「オリジナル！　オリジナル！」と叫んで手招きをする。行ってみたら、砂に埋もれかかった「アスファルト道路」だった。おお、世界最古の「アスファルト道路」なのだ。地中から自然に湧いた石油が凝固してドロドロになったのを、道に敷いたという話は知っていたから、感動した。発掘がまだ完全には終わっていない古代文明の遺跡を歩けたのは、またとない貴重な経験だった。

外へ出て小さな集落を歩いていると、子どもたちに囲まれた。家々はみんな日干し煉瓦《れんが》造りだが、どうやらその多くは遺跡からもち出したものらしかった。わざわざ作るより、「既製品」が山になっているのだから、それを利用しない手はなかろう。古代遺跡で先祖代々生きてきた人たちの「知恵」だと思った。

バグダッドに戻ったら、フセイン大統領が会見に応じるというので、大統領官邸に急いだ。欧米の記者たちといっしょに夜中まで待たされて、結局キャンセルだった。護衛に囲まれて出てゆく姿をチラとみたが、失礼ながら「おっさん」だった。

アフガニスタンで過激派組織「タリバン」が力をつけているころ、「イラン・イラク戦争」が終わった。二年後の一九九〇年八月、フセイン大統領のイラクは隣国のクウェートに侵攻した。フセインは、もともとクウェートはイラクの領土だったと主張するが、あくまでもねらいは豊富な油田であった。領土を巡るこの戦争も、もとはといえば遠く第一次、第二次世界大戦に原因が潜む戦争である。

ブッシュ大統領（父のほう）のアメリカを中心とする多国籍軍七十万人が参戦（うちアメリカ軍四十五万人）して、フセインのイラク軍を撃退した。

この「湾岸戦争」では、精密電子兵器ミサイルによる「正確無比のピン・ポイント」攻撃が話題になった。ところがその「ピン・ポイント」で、じつは味方の戦車を何台も破壊していたことが戦後明らかになる。ここにもウソが隠されていた。

アメリカ大統領が息子のブッシュに替わって間もない二〇〇一年九月、過激派組織「タリバン」による「アメリカ同時多発テロ」が起きて世界に衝撃を与えた。

ブッシュは、「タリバン」はアフガニスタンにあると判断してイギリスとともに、アフガン空爆に踏み切った。

ブッシュはイラクなどを「悪の枢軸」ときめつけ、欧米に「反戦運動」が広がっている中、二〇〇三年三月、バグダッドを空爆し、クウェートから米英軍がイラクに侵攻した。

イラクのフセインは「大量破壊兵器」をもっている。世界にとって脅威だ、というのが、ブッシュの主張する開戦の理由だった。

日本の小泉首相は即座にこれを支持した。当時テレビ朝日の夕方のニュース番組でコメンテーターをしていたぼくは、「まだ詳しいこともわからず、日本国民への説明もないうちに支持声明とは、首相としてもニンゲンとしてもおかしい」と批判した。

もちろん、子どものころの「日本の勝利、間違いなし」体験や盛岡時代の「教え」など、いくつものぼくの「原点」がそう考えさせたはずである。

イラクを歩いたとき、言葉は通じなくても親切にしてくれた人びと、バグダッドの巨大な「スーク（市場）」で迷ったとき、出口まで案内してくれた少年の顔も思い出していた。猛烈な空爆の下で、あの少年はどうしているだろうか？　無事でいてくれればいいのだが。

アメリカ軍はイラク軍の意外な抵抗に驚いた。民間人と軍人の識別ができにくいゲリラ戦術や「自爆攻撃」にも苦しんだ。このため、緒戦の快調さを報じる「戦果報道」が、往年の「日本式」の「大本営発表」であることも明らかになっていった。

開戦後すぐに陥落したはずのバスラ（かつてぼくも訪ねたことのある大きな町）が本当に陥落したのは一カ月後、といった具合だった（酒井啓子『イラク　戦争と占領』）。「ベトナム戦争報道」で懲りた軍が、メディアへの協力を抑えたのも一因だった。

バスラ陥落後はイラク軍の組織的抵抗も止み、フセインは行方をくらました。アメリカ軍の統治が始まったが、依然としてテロや油田の破壊工作がつづいていた。

ブッシュ大統領は「戦闘終結宣言」をし、やがてフセインは捕まり、死刑になった。

その一方で、「ブッシュの戦争」の大義であった「大量破壊兵器」は存在しないことが確認された。「ニセ情報」と知ってか知らずか、それを利用して戦争を始めたのだ。

イギリスのブレア首相は、支持した責任をとって辞め、ブッシュも引退後にしぶしぶながら非を認めた。

支持したアメリカの新聞も自己批判したけれど、日本では首相も、支持した一部のマスコミも知らん顔だった。

「大義」なき「ブッシュの戦争」で「独裁者フセイン」は排除したが、イラク国内はメチャメチャになって「過激派」の乱立状態を生むことになってしまった。

「独裁者フセイン」の時代にイラクを旅したぼくは、あのころイラク国民はそれなりに穏やかに暮らしていたのになぁ！　という感慨にふけるのである。フセインの暴圧政治を忘れるわけではないけれど。

その混乱の中から「イスラム国（ＩＳ）」という超過激派が生まれ、さらにシリアの過激派も加わってイラク・シリアの「イスラム国（ＩＳＩＳ）」となって、捕らえた外国人を斬首するなどの恐怖で地域を支配していく。日本人も犠牲になった。

アメリカ、ロシア、イランなどの大国がそれぞれの側の支援に回り、「化学兵器を使用した」と互いに非難しあって混沌としたままに、現在、テロは欧州にも広がっている。

さらにどこまで飛び火していくかまったくわからないというのが、二〇二〇年に二度目の「東京オリンピック」を控えている世界の情勢なのである。オリンピックが「過激派」にとって最高の宣伝舞台であることは、「ミュンヘン・オリンピック」で証明ずみである。

しかも最近のテロは、場所を選ばない。どこだって、実行できるところで実行するのが、このごろのテロの方式なのだ。

◆

酒井啓子『イラク　戦争と占領』（岩波新書）

「パレスチナ少女」の質問

チャンバラや西部劇などではなく、正真正銘の現代ものの映画を観ながら、久しぶりに手に汗を握った。

二〇一八年八月末、東京、大阪などで封切られた外国映画『判決　ふたつの希望』は、中東の国レバノンの首都ベイルートが舞台という珍しい作品だが、アカデミー賞外国語映画賞ノミネート、ベネチア国際映画祭最優秀男優賞の獲得など、世界的反響を呼んだ秀作である。日本人にはあまりなじみのない舞台だけれど、人類が、現在もこれからも、抱えつづける最も深刻な問題の一つの原点がここにある、という意味で、だれにとっても重要な内容だ。

映画の冒頭に「この作品はレバノン政府の考え方を反映しているわけではない」といった意味のテロップが流れただけで、ドキッとさせられる。

監督はイスラム教徒、主演男優はパレスチナ人、相手役の男優はレバノン人という、現実そのもののような複雑さだ。

狭い路地裏の家の水漏れ修理のこじれからパレスチナ人とレバノン人がケンカになり、さらに裁判沙汰になり、ついには群衆の暴動にまで発展してゆく。その過程で三、四十年前の虐殺に始まる虐殺の応酬という悪循環が明らかになり、「加害」と「被害」の関係が逆転し、また逆転するという現実が明らかになってゆく。

つまり、大きな戦争によって「加害者」になり、同時に多くの人びとが「被害者」にもなった、「昭和」という時代に生きた日本人としてのぼくにとっても、他人事ではないのである。ただしわれわれは、何十年も前のこととなれば、「過去」のこととして忘却の彼方に追いやってしまったりする点で、大いに異なるのだが……。

地中海の東の突きあたり、イスラエル、シリア、ヨルダンに囲まれたレバノン共和国を初めて訪れたのは、一九七三（昭和四十八）年の「石油危機」のときだった。

世界のドルが中東産油国に流れこみ、金融の中心地レバノンの首都ベイルートは、空前の好景気に沸いていた。「中東のパリ」といわれた街は美しく、パリの一流の店が並んでいた。海岸通りのレストランの多くは海鮮料理を売り物にしてにぎわっていた。ピアノ演奏の店で、旨いワインを飲みながら、生牡蠣や魚料理を楽しんだ。

九年後に再び訪れた際にその店を探したら、焼けただれた廃墟の壁に横文字で、「ＡＨＲＩ」という看板がぶら下がっているのをみつけた。「Ｂ」が欠落しているが「バハリ」という名のレストランだ。かつて魚が泳いでいた水槽は粉みじんとなり、激しい銃撃戦のあったことを示す薬莢が、床一面に散らばっていた。

レバノンは第一次世界大戦のあとフランスの委任統治領になり、一九四六年、フランス軍が撤退して独立を達成した。

人口約四百万人の住民のほとんどはアラブ系だが、十四の宗教、宗派が存在している。中でもキリスト教徒とイスラム教徒が、それぞれに増減をくり返しながら多数派を占める状況で、対立をつづけてきた。それぞれに軍団を保持して「民兵」と称している。どちらも宗教的団結心によって、国の正規軍より強力なのである。

石油は出ないが、教育程度は高く、中東の金融、商業の中心地として栄えてきた。

立地条件のせいで「パレスチナ難民」が大勢流入して、ざっと四十五万人いた。パレスチナ人の政治組織・防衛組織である「パレスチナ解放機構（ＰＬＯ）」もここに移動していた。

一九八二（昭和五十七）年六月、イスラエル軍はこの組織を壊滅させるため、レバノンに侵攻した。解放機構とその戦闘部隊は周辺のアラブ諸国に散っていった。このため、ベイルート郊外にある、サティーラ・サブラの「パレスチナ難民キャンプ」は無防備状態になってしまった。

その三カ月後、難民キャンプでパレスチナ人が虐殺された、というニュースに衝撃を受けたぼくは、テレビのスタッフとともに東京からレバノンに急いだ。ベイルート空港は、イスラエル軍侵攻で閉鎖されている。成田から南回りでギリシャのアテネ空港に行き、そこからキプロス島に飛んで、ラルナカ港から船で七時間のベイルートを目指した。

レバノン杉がデザインされた旅券をもったレバノン人でいっぱいのフェリーは、満天の星空の下を進む。明け方になって前方に山がみえてきたころ、いきなり停船した。イスラエルの軍艦二隻に命じられたらしい。甲板で乗客にきいたら、こんなことは日常茶飯だという。「虐殺」のことは話題にもならない。三時間以上経ったころ、やっと動き出す。甲板にアラブ音楽を流しながら、高層ビルの林立するジョウニエに近づく。

白いモーターボートが波を蹴立てて走ってくる。水上スキーの女性は、大胆なビキニ姿だ。船客が歓声をあげると、手を振って急カーブを描いて遠ざかっていった。

「虐殺」現場へ急いでいるのに、何ともいえない出迎えである。虐殺と内戦と歓楽の同居している国なのか。


「難民キャンプ」に急ぐ。一歩足を踏み入れた瞬間、すさまじい臭気に圧倒された。強い陽射しに、遺体の腐敗臭が立ちこめているのである。コンクリート・ブロック造りの家々は、完全に破壊されて、原型をとどめていない。家具や、腕の千切れた人形が転がっている。

赤十字をつけた車が猛スピードで走り、砂ボコリが舞いあがる。無数のハエがまとわりついてくる。放置されていた遺体は、競技場に掘った穴に収容されたが、まだ多くの遺体が瓦礫の下に埋まったままだ。

ぼくたちは、アメリカ人女性のフリー・ジャーナリスト、ジャネットに手伝ってもらった。中東生活八年、アラビア語は達者だ。彼女は虐殺直後にここに来たのである。

老人の一人は頭を、もう一人は胸を撃たれていた。写真を撮るために近づこうとすると、そばにいた人に止められた。遺体に細工がしてあるという。よくみると、緑色の手榴弾がしかけてあった。

手足を縛られた人はトラックに引きずられ、子どもたちは棒で打たれたあと心臓や首を刺されて殺された。

レバノン政府内務省責任者のファド氏にインタビューしたら、「この空き地には百五十人埋めました。妊娠中の女性の遺体も発見しました。死体がどれほどあるのか、まだわからないのです」と悲痛な表情だった。ざっと二千人から三千人が虐殺されたと、推定されているのである。

ジャネットに案内されて壁の前まで来た。壁は血が染みてどす黒くなり、髪の毛のかたまりがこびりついていた。ここで五、六人の男が銃で殺された。ジャネットが来たとき、腐敗してふくれあがった遺体は放置されたままだった、という。

いったい、だれが、何のために、こんな虐殺を実行したのか？　ジャネットの目撃証言や、生き残りの人たちの証言から浮かびあがるのは、イスラエルのシャロン国防相（のち首相に）指揮下のイスラエル軍の支援を受けた右派キリスト教徒民兵への疑いである。

では、「なぜ？」そんな非人道的な行為を実行したのか？

ぼくは思い出す。中東現代史に名高い「ディール・ヤシンの大虐殺」を。イスラエル国家の樹立宣言と前後して、パレスチナでは、ユダヤ人機関によるアラブ人虐殺がつぎつぎに行なわれていった。その一つが、一九四八年にディール・ヤシン村で行なわれたもので、国際赤十字は男女・子ども二百五十人の遺体を確認した。

「なぜ？」虐殺するのか。恐怖を与えれば、アラブ人（多くはパレスチナ人だが）たちは土地を離れるに違いない。土地獲得のための一手段だった。今回のレバノンの虐殺は、組織的、計画的であった点からして、その再来をねらったのだろう。それが国際世論の見方だった。

ゲリラやテロリストの「温床」であるパレスチナ難民をレバノンから追い払え。それなら、イスラエルとキリスト教徒右派の利害は一致する。

ぼくは暑い陽射しの下、やり切れない想いに打ちのめされながら、死臭ただよう廃墟を歩いていた。血のこびりついた毛髪をまたいで家の中に入ると、床は凝固しかかった血で埋まっていた。足の裏に奇妙な弾力を感じた。隣の家から年配の女性が出てきて、叫んだ。

「ここで母親と五人の子が殺された。母親は赤ちゃんに乳をやっていた。銃を乱射し、ナイフで切り裂いた」

ぼくは茫然と立ちすくんでいた。いつの間にか背後に少女がいて、ぼくを凝視している。

髪を後ろに束ねた少女は、何ごとかぼくに質問したのである。ジャネットはしばらく少女の顔を見詰めてから、あどけないけれど賢そうな少女のアラビア語を、通訳してくれた。

「おじさんの国の子どもたちも、私たちのような目にあっているの？」


ベイルート北方十五キロのところに「犬の川（ナハル・アル・カルブ）」という名前の川がある。かつて古代エジプトの山犬の頭をした神像のあったところ。岩山が地中海に落ちこんだ難所だ。レバノンはアジアとヨーロッパを、アラビアとエジプトをつなぐ十字路であった。その十字路の中の「渡

筆者スケッチ。
ベイルート北方15キロの「犬の川（ナハル・アル・カルブ）」にて。
古代エジプトのジャッカル神アヌビス像（山犬の頭）があったところ。

り廊下」がこの岩山に通じる細い道だった。

古来、往復する軍隊は、必ずここを通過しなければならなかった。道の片側の岩の壁には、紀元前はるか昔のアッシリアの大王の石碑も、三千三百年前の古代エジプトのラムセスⅡ世がここで神に犠牲を捧げた石碑も刻まれている。

地中海から吹きあげる風になぶられながらぼくは、カメラにむかってこう語った。

「パレスチナ難民キャンプの虐殺を、ここの十八個目の石碑として刻みたい」


血の臭いの中で、パレスチナ少女の言葉を通訳してくれたジャネット・スチーブンスは、虐殺から七カ月後に死んだ。

アメリカへの帰国のための手つづきで、ベイルートのアメリカ大使館に行っているときに、テロによる爆破で殺されたのだ。

この事件は東京の新聞ではベタ記事扱いだったが、犠牲者の名前が報じられていた。その中に彼女の名前があった。何回も読み直したが、彼女の名前だった。

帰国したら、この虐殺事件で本を作ると語っていたジャネットだった。

第六章　過去は終わらず、絶え間なく再生産されている

「天皇主義」

「昭和天皇」のヨーロッパ・イギリスご訪問については、前にもちょっと触れたように、最初の訪問地オランダから最後の西ドイツまで同行取材をした。事前に訪問地をすべて下見して、お寄りになるレストランも、すべて試しに味わってみるというゼイタクも経験した。

まあ、それはともかく、両陛下のお人柄に触れることができたのは収穫だった。ロンドンは別格として、たとえばオランダなどでは警備がゆるやかだったせいで、すぐそばにいることができた。

天皇の乗る車にモノが投げつけられたのもこの国だった。太平洋戦争で日本が占領したインドネシアは、オランダの植民地だったのである。

ある陶器工場の見学では、記者たちが押しあいになって、ついにぼくは天皇の肩に触れてしまったのである。小声で「すみません」と申しあげたが、聞こえたのかどうかはわからない。

というようなわけで、昭和六十四（一九八九）年一月七日にお亡くなりになったのは、心に響いた。文字どおり「昭和の子」だったただけになおさらであった。

「昭和天皇からホリエモンまで」という副題で『いまを読む名言』（講談社文庫）という本

を書いたとき、「昭和天皇」のお言葉を十三も列挙した。すべては、陸軍軍部に対する不満と怒りの言葉だった。天皇は陸軍に、終始だまされつづけたのである。

戦後日本を代表する作家の一人である大岡昇平《おおおかしょうへい》さん（一九〇九〜一九八八）は、フィリピン戦線で「死」に直面し、捕虜になった経験などを生かして『野火』などの傑作を残した。その大岡さんは、「昭和天皇」の病がいよいよ篤くなったとき、「二極対立の時代を生き続けたいたわしさ」という談話を発表して話題になった。

「裕仁天皇重篤の報を聞いてまず思うのは、『おいたわしい』ということです」という一行で始まる談話は、厳しい言葉でつづく。恐縮ながら要約して伝えるならば、次のようになる。

天皇といえども暗殺の的にされかねない。対外戦争用の軍は、いつでも国内暴力に転化する可能性があった。

天皇も時代の流れに流されたようにみえるけれど、多くの国民はどうだったのか。中国に対して無差別攻撃をして少しも残虐とは思わなかった。国中あげて、中国をばかにして、いくら殺しても奪っても当たり前という風潮が広がっていた。

その間、天皇はよく切り抜けてきた。二極対立の終焉がみえかかったところで、その一瞬前に昭和が終焉を迎えようとしている。裕仁氏はやはり運が悪い、おいたわしい天皇だと言わざるをえない。

まことに意味と彫りの深い言葉で、作家、大江健三郎《おおえけんざぶろう》さんが「解題」を書いているほどである（大岡昇平『昭和末』岩波書店）。

ぼくには何も発言する資格はないが、心ゆさぶられる大岡さんの談話だった。

昭和天皇のご長男である今上天皇（平成三十年現在）と美智子皇后のご成婚があった昭和三十四（一九五九）年春、まだ早稲田大学の落第五年生（サッカー部では現役のレギュラー選手！）だったぼくは、テレビ朝日の子会社である映像会社で報道カメラマンの修業をしていた。ご成婚の当日は、東宮御所の正門前で、馬車でお入りになる「新ご夫妻」を16ミリのカメラ（まだビデオでない時代）で撮影する役割だった。しかし、その前に朝日新聞への入社がきまったため、「戦線脱落」して、式の当日は盛岡支局でお二人の馬車をテレビで眺めていた。

という妙なインネンで、今上天皇ご夫妻には格別の思い入れがある。しかもお二人は、「右傾化」の時代に、戦後民主主義の「申し子」のような正統派リベラルとして憲法への想いが強い。

沖縄や、阪神淡路大震災や東日本大震災の被災地を訪れては、沖縄県民や被災者と膝を交えて、慰問、激励をなさっているから、思い入れはなおさらなのである。

しかも美智子皇后は、世界のこのような立場にある人の中で、人格的にも知的にも最も優れた方であり、日本有数の知識人なのであると、ぼくは信じている。

二〇一九年、新天皇に即位なされる「皇太子」とは、日本山岳会の会員どうしだ。毎年末恒例の山岳会晩餐会には、一会員として出席されていたけれど、さて天皇となったら、どうなるかしら？

もっと気になることとして、たとえば昭和天皇から今上天皇へと引き継いできた「靖国神社」参拝の拒否は、どうなるのだろう。

敗戦後にアメリカなどの連合軍が行なった「極東国際軍事裁判（東京裁判）」で死刑になった、東条英機・元首相など日本の戦争指導者七人を合祀したことに、昭和天皇はご不満だったからである。

陸軍軍部など戦争指導者の横暴に、昭和天皇は大いに悩まされてきたという歴史的事実がある。昭和天皇の後半生は、陸軍軍部の横暴との絶え間ない葛藤だった。軍部は、自分たちは天皇を蔑《ないがし》ろにし、権力と政治の「道具」扱いをしながら、国民には天皇の神格化と絶対的な服従を押しつけてきた。

電車に乗って東京駅に近づくと、いまもビルの間に皇居（昔は「宮城」と呼んでいた）がみえる。戦争が敗北に終わるまでは、あのあたりで乗客たちは直立して「宮城」にむかって最敬礼をしなければならなかった。

別に法律があったわけではないのに、いわば軍国主義時代の「空気」が、そのような強制力を生んだのである。最敬礼しないと、老人やオッサンに「非国民！」と怒鳴られたりした。幼いぼくも最敬礼したことを、「翁」になったいまも、あそこを通るたびに思い出す。

いまや高層ビルの林立で、皇居はみえにくくなったけれど、あの時代の「空気」と景色は、流れ去る年月、古い表現でいうなら「流景《りゅうけい》」となって、そこに在る。

軍国主義は、昭和天皇を、「本心」では軽視しながら都合のいいように利用して、ついに日本を滅ぼした。

いつの時代でも、天皇という存在を「軽視」する傾向は、政治権力の潜めている「本心」なのかもしれない。

たとえば安倍首相においても、似たような傾向がしばしば観察できる。昭和、今上両天皇とは正反対に、靖国参拝への積極的な意思を表明しているのもその一つではなかろうか。

今上天皇の発言には、憲法で定められているとおり「憲法に従う」という意味の積極的評価がしばしば登場するのに、首相はほとんどいつでも憲法をバカにしたようにしか取りあげない。

憲法第九十九条　天皇又は摂政及び国務大臣、国会議員、裁判官その他の公務員は、この憲法を尊重し擁護する義務を負ふ。

神戸女学院大学名誉教授で思想家の内田樹《うちだたつる》さんも『街場の天皇論』（東洋経済新報社）で、「安倍首相は天皇に対する崇敬の気持ちがまったく感じられないという点において、歴代首相の中でも例外的だと思います。天皇の発言を頭から無視している」と述べている。

「世界中で日本だけが近代国民国家、近代市民社会の形態をとりながら古来の天皇制を存続させている。霊的権力と世俗権力の二重構造が統治システムとして機能し、天皇が象徴的行為を通じて国民の精神的な統合を果している」

「天皇制が健全に機能して、政治の暴走を抑止する働きをするなんて、五十年前には誰一人予測していなかった。そのことに現代日本人はもっと驚いていいんじゃないですか」

今上天皇・美智子皇后の、憲法尊重の精神とお人柄、知性のすべてが、民主主義がかなり怪しくなっている時代だからこそ、きわめて貴重な存在となっているのだ。

しかし、前に述べたような「本心」を、だれであろうと政権が潜めているとするならば、次の代の天皇・皇后に、政権からの無言の圧力がかかるのではないか？　そうであるならばわたしたちは、新しい天皇の「応援団」にならなければいけないだろう。

あらましそのようなわけで、思想家の内田さんは「天皇主義者」になったわけだが、そうならば、ヘナチョコ・ジャーナリストのぼくだって、そう唱えたい。

それは中学生のころ、「主権在民」と叫んだのと、ちっともムジュンしないのである。

◆

内田樹『街場の天皇論』（東洋経済新報社）
半藤一利『昭和史　１９２６〜１９４５』（平凡社ライブラリー）
梅田正己『日本ナショナリズムの歴史』（全四巻、高文研）は、稀にみる労作。

三つの「分断国家」

第二次世界大戦のあと、世界は三つの「分断国家」を抱えてきた。①韓国と北朝鮮②北ベトナムと南ベトナム③西ドイツと東ドイツ、である。

二〇一八年現在、①は残念ながら「統一」の見通しは立っていないが、②と③は、ともかくも統一を果たした。②については、長年にわたる大規模な戦争が「統一」への「役割」を果たした。③は、多くの犠牲者は出たものの、戦争も流血の紛争もなしに統一を果たすことができた。

日本の元号にあてはめて考えれば、どちらも「昭和」の「偉業」だった。「昭和の子」であるぼくは、そのどちらにも最終の段階で現場を踏むことができた。

そのたびにぼくの脳裏を去来したのは、太平洋戦争末期に耳にした「日本の勝利、間違いなし」という老人の発言や、盛岡支局のストーブの語らいで学んだ「ジャーナリスト」という「天職」に生きるための、いくつかの心構えであった。

「昭和」という時代のニオイを身につけながら、視野は否応なしに世界に広がり、歴史を遡っては、拙い文章を記してきた。

朝鮮半島の分断がこれからどうなるのか、「トランプ発言」に世界は振り回されているだけで、見通しはまったく立たない。南北を隔てる「38度」の「休戦ライン」は何度も訪れて「分断」の現実を体験してきた。

「休戦ライン」とは何か。「なぜ?」そんなものがいまもあるのか。知らない人が増えている。

昭和二十(一九四五)年、日本は敗北した。日本が植民地にしていた朝鮮半島は解放され、北緯38度線を境に、北側にはソ連軍、南側にはアメリカ軍が進駐した。それぞれに朝鮮民主主義人民共和国(北朝鮮)と大韓民国(韓国)が成立した。

昭和二十五(一九五〇)年六月、北朝鮮は「南北統一」を目指して「韓国」に侵攻し、朝鮮戦争となる。同胞相撃つ悲劇となった。アメリカ軍が全面的に韓国を支援し、途中から中国人民解放軍も「北」に加わった。

三年後の昭和二十八(一九五三)年七月、38度線を「休戦ライン」として戦闘は終結。死者の数は、韓国人百三十万、北朝鮮人五十万、中国人百万、アメリカ人五万四千!

「休戦ライン」は二〇一八年現在も存在している。つまり、アメリカ・韓国と北朝鮮の戦争は、まだ終わっていない「休戦」状態のままなのである。

占領下にあった日本は、米軍の補給基地となり、経済的に大いに潤った。「朝鮮特需」である。朝鮮半島の悲劇によって、日本は戦後復興の第一歩を踏み出せたのである。「余計なお世話」かも知れないけれど、テレビで「韓流ドラマ」を楽しんでいる多くの人びとは、こうした歴史をどう考えているのだろうか。この歴史を忘れたか？　知らないでいるのか？　楽しんでいることについて、トヤカクいうつもりはないけれど。

「休戦ライン」近くにある「板門店」には何回も行って、「南北」分裂の厳しい現実を体験してきた。半島の東岸から西岸まで二四八キロ、幅四キロの非武装地帯の両側は、それぞれに地雷を敷き詰め、トーチカの銃眼から互いに監視しあって、異常な静けさである。

あるときは北朝鮮に入国して「北」側から「南」を眺め、数日後には韓国に入って「南」から「北」を眺めたこともあった。「北」で案内してくれて、しばし「サッカー談義」で談笑した軍人が、あちら側から怪訝そうな顔つきでこちらを見詰めていたのには、ちょっと困った。近いけれど遠い、というのが実感だった。

「休戦ライン鉄条網の破片」という奇妙なものが書斎のすみにある。板門店に行ったとき売店で売っていたのだ。分断の悲劇の象徴のようなものを「観光土産」にするのは申し訳ないと思ったが、つい「話のタネ」に購入しちゃったのである。目にするたびに「スミマセン」という気分になる。

「アリラン　アリラン　アラリヨ／アリラン　峠を越えゆく」という歌声が心の底の方でこ

だましているような気がしてくる。なぜか不意に、「民族は峠を越えて行く」という、意味のあるような、ないような言葉が浮かんでくる。

この文章を書いている机の上には、「ベルリンの壁」がぶち壊されたときに拾ってきた壁の破片が置いてある。

片側は灰色のコンクリートだが、もう一方の側は、ペンキの赤や緑が鮮やかである。西ベルリンの市民たちが、高く、長い壁一面に自由を求め、謳歌する極彩色の落書きを描きまくった、そのほんの一部なのである。

著者が拾ってきた「ベルリンの壁」の破片

手のひらに乗ってしまうほど小さな破片だからこそ、歴史を雄弁に語ってくれて、「想像力」を大きく刺激するのである。

「ベルリンの壁」は何度も訪れた。一九六一年から八九年まで西ベルリンを囲いこみ、東ベルリンや周辺の東独地域を遮断していた壁は、いつみても「非情」な表情を崩さなかった。

イギリスの作家、ジョン・ル・カレの小説『寒い国から来たスパイ』と、その映画を思い出す。名優リチャード・バートン扮するイギリスのスパイが、東から脱出しようとして壁をまさに乗り越えようとする瞬間に射殺される非情のラストシーン！

実際にも、脱出しようとした東ドイツ市民が二〇〇人近くも殺されていたのである。

「壁」の破片ともう一つ大切なのは、一九八九年十二月二十五日、東ベルリンのシャウシピール・ハウスで演奏された、ベートーヴェンの「第9交響曲」のCDである。指揮レナード・バーンスタイン。演奏・バイエルン放送交響楽団（西ドイツ）、ドレスデン国立管弦楽団（東ドイツ）、ニューヨーク・フィルハーモニック（アメリカ）、ロンドン交響楽団（イギリス）、レニングラード・キーロフ劇場管弦楽団（ソ連）パリ管弦楽団（フランス）の各楽団員、ソプラノなど四人の歌手も四カ国の人、合唱団もそう。

指揮のバーンスタインは、歌詞をちょっと変更している。最終合唱のあの「歓喜に寄す」のシラーの詩を「自由に寄す」と読み換えたのだ。「自由よ、永遠に！」と高らかに合唱するのである。

一九九〇年十月三日午前零時、東西ドイツ統一の瞬間をぼくは、ベルリン・ブランデンブルグ門の百万の大群衆とともに迎えた。花火があがり、どこからともなくシャンパンのビンがやって来た。回し飲みである。もちろんぼくも飲んだ。ホテルは東側だった。ヨレヨレに酔って戻ると、サービスなのだろう、部屋にシャンパンの小ビンが置いてあった。ありがたく飲みながら、ああ明日はドイツ中が二日酔いだろうな、などと愚考しているうちに寝入ってしまった。

一九八九年十一月に「ベルリンの壁」が崩れて以来、統一への歩みは遅く、一九九〇年七月一日には西独マルクが唯一の通貨になり、国境の検問も廃止された。

AP通信による当時の世界の十大ニュースは、①「ドイツ統一」②イラクのクウェート侵攻・湾岸危機③ゴルバチョフ・ソ連大統領のノーベル平和賞、などといった内容だった。

そのころ日本はどうしていたかといえば、海部首相の自民党は衆院総選挙で絶対安定多数に迫ったが、「湾岸危機」によって「踏み絵」を踏まされることとなった。湾岸に大軍を派遣したアメリカが「日本も汗を流せ」と厳しく要求してきて、大慌てになったのである。「石油はどうなる?」といった次元の反応のみで、冷戦後の世界秩序にかかわる重大事であるとの国際的認識に欠け、世界の動きをボンヤリと見守るばかりだったからだ。

二〇一八年現在の日本は、どうだ? 三十年近く前の国際認識と、ほとんど変化ないのではなかろうか?

トランプ大統領が、イスラエルの首都をテルアビブからエルサレムに移転したとき、いささかの反応があったのは、相変わらず「石油に影響はないだろうか?」だった。「パレスチナ問題」にアラブ諸国が厳しく反応しなかった事実の意味するところについては、ほとんど議論されなかった。かつてのアラブ諸国だったら戦争を仕掛けてもおかしくないほどの問題なのに、各国は口先だけの抗議でお茶を濁していた。

しかしパレスチナ自治区ガザ地区とイスラエルの境界付近では、イスラエルとアメリカに対する抗議デモが連日つづく。二〇一八年九月十四日には数カ所で約一万三千人のデモがあり、イスラエル軍への投石に対して軍は実弾、催涙弾を発射。十二歳の少年ら三人が死んだ。

もはや「日常茶飯」の出来事で、日本の新聞ではベタ記事でも出ればいい方。ほとんどは無関心のままだ。

「アラブの大義」とは、「アラブは一つ」という意味だったのに、アラブ世界は崩壊してしまった。「なぜだろう?」

「ペルシャ民族」の国イランの影響力が強くなり、イラク、シリア、さらにロシアまでがつながりに加わっている一方で、サウジアラビアは反イスラエルどころか、トランプ大統領との協力関係を深めている。トランプにとってサウジは、武器輸出の最大の市場なのである。それにエジプトまでイスラエルに接近とあっては、「パレスチナ問題」どころではない。

ここで思い出すのは、エジプトで姿をみたことのあるエジプト大統領サダトだ。イスラムの祈りで、床におでこをつけるためにできた「タコ」が、遠目にもよくわかった。

イスラエルとの戦争ではいつも先頭を切っていたのに一九七七年十一月、イスラエルに乗りこんで国会で演説した。国内経済優先のための「変節」だったけれど、一九八一年十月に暗殺された。その場面のテレビ映像の記憶はいまも鮮明である。


「アラブの大義」から見放された「パレスチナ難民」はどうなるのだろう?

ヨルダン・百十三万人、シリア・二十二万人、レバノン・四十五万人、クウェート・二十八万人、サウジアラビア・十三万人……。ぼくがかなり前に書いた『現代世界の構図を読む』(高文研)にあげた「パレスチナ難民」の数字だから変動はあるに違いないけれど、おおよその傾向はつかめるはずだ。

「パレスチナ問題」は孤立し、パレスチナ人の多くは「難民」として、かつての「ユダヤ民族」の二の舞になるのだろうか?

ヨーロッパでもアジアでも、「難民」問題は深刻な広がりをみせているところに、新たな要素が加わるのだ。「石油はどうなるかしら?」どころではない。日本でも「難民問題」は表面化し、それにどう対応すべきか問われているのだ。


三つの「分断国家」について考えているうちに、ある光景を鮮明に思い出した。

韓国の首都ソウルでのことだ。日本による植民地支配の象徴的存在だった、旧「朝鮮総督府」の消滅の瞬間だ。一九九五年八月のその日、「総督府」前の広場で式典が挙行された。巨大な中央ドームがクレーンで空中高くもちあげられたとき、参列していたぼくは、朝鮮支配の「象徴」の最後を深い想いで見送った。

五年前のベルリンでみたあの瞬間を、ここではいつ迎えることができるのだろう。その日のために、植民地支配した日本が果たすべき責務は何だろう。植民地支配についての「加害」と「被害」の関係は明確なのに、われわれは責務を自覚しているのだろうか？

東西ドイツで可能だった統一が、「なぜ？」ここでは見通しもつかないのだろう。日本もお手伝いすべき責務があり、しかも「拉致問題」という大悲劇の当事者なのに、トランプ大統領、北朝鮮、韓国、三者の動きの「カヤの外」だ。それは、「なぜ」なのか？

その夜、屋台で独り飲む酒は、「加害と被害」「なぜだろう？」といった言葉や問いかけが脳裏に渦巻いて、大いに酔いが回ったのだった。

◆

池東旭『韓国大統領列伝』（中公新書）
笹本駿二『ベルリンの壁　崩れる――移りゆくヨーロッパ』（岩波新書）
金両基『物語　韓国史』（中公新書）

クロアチアの「正確」な時計

机のかたわらに置いてある古色にまみれた時計が、何ごとか語りたがっているようである。

クロアチアの首都ザグレブで買った時計

素人の手仕事だろう、銀色に塗られたハトの浮き彫りを飾った時計の文字盤の針は「12時35分」を示したままで止まっている。裏には「T・K」とイニシャルが記されているのもうれしい。ぼくと同じだ。止まってはいても、一日に二回は正確な時を教えてくれるのだから、大切にしている。

裏面には「1917」と西暦の年号も書かれているのだ。第一次世界大戦が始まって三年目を意味する。世界大戦は、ボスニア・ヘルツェゴビナのサラエボで、オーストリア皇太子夫妻が、セルビア人青年に暗殺された事件がきっかけとなった。

この時計は、その土地に近いクロアチアの首都ザグレブの骨董屋で買い求めたものだ。

さあそこで！　久しぶりにサッカーW杯・ロシア大会の話題に戻ってみたい。話題はたくさんあるけれど、ＦＩＦＡ（国際サッカー連盟）のランキング（格付）十七位のクロアチアが決勝まで残るとは、だれも予想していなかった。フランスとの決勝戦は凄かった。クロアチアの奮戦に、深夜のテレビで観戦しながら声援を送った。

小柄なエースのルカ・モドリッチに鬼気迫るものを感じたのは、クロアチアの旅でスケッチした教会の、虚空を見詰めるマリアの目が、脳裏に浮かんできたせいかも知れない。

クロアチアは、バルカン半島に存在する、人口四百五十万の小国である。

「バルカン」とはトルコ語で「山」を意味する。山また山の間に、ざっと三十の民族がモザイク状に、散在、雑居、混在している半島である。半島の複雑な抗争の歴史だけで大きな一冊の本になるほどで、これをうまく解説することはぼくにはできない。できるのは、ほんのしばらくクロアチアを旅した見聞を交えながら、あらましを述べることだけだ。

テレビの仕事でクロアチアに行ったことがある。首都ザグレブからドナウ川のほとりの古い町ブコバルに車でむかった。一面の麦畑に真紅の罌粟《けし》の花が点々と咲いていた。

クロアチア内戦の傷跡
教会の廃虚（ブコバルで著者スケッチ）

砲火の跡もなまなましい教会の廃墟に、傷だらけのマリア像があった。目は、虚空を見詰めていた。

さまざまな民族が散在しているこの地域で、ことに対立の激しいのはクロアチア人とセルビア人だった。

セルビア人は最も早く民族独立を果たしたという自負心が強く、クロアチア人はカトリック教徒であるがゆえに、ヨーロッパ文化圏にあるという自負が強い。

こうした民族対立の背後にナチス・ドイツが触手をのばし、ナチの傀儡国家が生まれたときもあった。

ぼくのむかったブコバルという町は、セルビアとクロアチアが奪いあって数千人の死者を出したところである。両国の大統領は、それぞれに政権の維持のために、民族主義を猛烈に煽って民衆を戦闘に駆り立てた。その民族主義の恐ろしさは、「民族浄化」というおぞましい言葉に象徴的に示されている。他民族は皆殺しにして、わが民族だけの国家に「浄化」せよ、というのだ。

トランプ大統領がわめきつづけている「アメリカ第一主義」も、広い意味では「民族浄化主義」ではなかろうか。

一国の政治指導者が民族主義を煽る発言をしたり行動を取ったりしたとき、国民はどうすべきか？

これは、遠い場所、遠い時代のでき事ではない。太平洋戦争へと突き進んだ日本。指導者たちが「大日本帝国」の民族主義を煽った事実は過去の歴史ではない。「大和魂」「神風」などと煽動されて、国民は「一億火の玉」となり、結局無残な敗北にまで行ってしまった。

いままた「愛国心」を強調する政治家がいて、来るべき「東京オリンピック」では、まるで「一億火の玉になれ」みたいなカゼを吹かしている。

「愛国心」の強要は、イギリスの偉大な詩人、批評家、随筆家で「英語辞典」を完成させた、サミュエル・ジョンソン（一七〇九〜一七八四）にいわせれば「愛国心とは、悪党の最後の逃げ口上さ」という至言になる。悪事をはたらいても、愛国心ゆえ、お国のため、といえば逃れられるというわけだ。

あの「東条さん」だって「辻さん」だって「愛国の一心」だったというだろう。

真の「愛国」と愚かな「愛国」を見分けるためには、何度もくり返すように、「なぜだ?」という自問自答を、しっかりした言葉にしなければならないのだろう。

このことをぼくがしつこくくり返すのは、ぼく自身が、まだそうできていないからなのである。申し訳なくも、恥ずかしながら。


首都ザグレブのサッカー・スタジアムに、銅製の浮き彫りの記念碑があった。銃を構えた兵士が真ん中に立っている。その背後に満席のスタンドが描かれ、試合が進んでいるはずのピッチでは、人びとが乱闘している。

「1990年5月30日、クロアチア人の〈ディナモ〉対セルビア人の〈レッド・スター〉戦。両チームの応援団が乱闘。これぞクロアチア独立の先駆けだ」

という説明板があった。サッカー試合の応援団の乱闘から民族独立の戦いが始まったことを、誇らし気に記念しなければならないのは、まさにこの地域の「バルカン的」悲哀であるように思われた。


ここでぼくは、かつて日本代表の監督になりながら、残念にも病に倒れたイビツァ・オシムについて語っておきたい。もしも健在だったら、日本サッカーは革命的進歩を遂げただろうと信じているからだ。

バルカン半島の国々。作図は著者

オシムについては畏友、木《き》村《むら》元彦《ゆきひこ》の『オシムの言葉』（集英社文庫）という労作があって、ぼくの座右の書だ。サッカーについてはもちろん、人生全般、そしてバルカン半島の現実について多くを教えてくれる。

オシムは、ボスニア・ヘルツェゴビナの、かつて冬季オリンピックの開かれた美しい古都サラエボ生まれである。

一九九二年に始まる「ボスニア・ヘルツェゴビナ分割戦争」で、セルビア人、クロアチア人、ムスリム人（イスラム教徒）がそれぞれに支配地域拡大を目指して戦い、死者二十万人以上、負傷者百万人以上、家を失い難民となった者は二百数十万人という悲劇を生んだ。

このときオシムは、たまたま国際試合のため国外に出ていた。その間に、サラエボはセルビア系勢力に包囲され、一三九五日にわたってまわりの山から集中攻撃を受けることになった。オシムは、妻と別れわかれになったのである。

人生においては、サッカーよりも大切なものがたくさんある。

そう語るオシムは、日本人にとって初めての、本物のサッカー指導者であった。バルカンの流血の民族抗争が、このような知的で誠実な人間を生んだのだ。

そんなことをも想いながら、クロアチアの試合を見詰めていた。

いまクロアチアの憲法は、「クロアチア共和国は、クロアチア民族の民族国家」としたうえで「他の民族および少数民族」であるセルビア人、イスラム教徒、スロベニア人、チェコ人、スロバキア人、イタリア人、ハンガリー人、ユダヤ人には「クロアチア国籍の市民との平等が保障される」と定めている。クロアチア国内の少数派セルビア人たちは、サッカーW杯でのクロアチアの大活躍をどうみているのか、気になっている。

第一次世界大戦の始まりの地であり、昔から「ヨーロッパの火薬庫」と呼ばれてきたバルカンに、クロアチアをはじめサッカーの強豪がひしめくさまは壮観である。

ぼくはW杯でのクロアチアの奮戦に感動しながら、この「火薬庫」バルカンがほんとうに平和な、多様な民族共生の地域になれるかどうかに、人類の未来がかかっていると愚考していた。それはバルカンだけではなく、パレスチナにおいても同じである。さらに、アラブの地域だけではなく、ペルシャ民族の国家イランも、そのあたり一帯に暮らすクルド族も、穏やかな「共生」の世界を、どう構築して行くのか？

国家、民族の「加害」と「被害」の関係を明らかにする努力を重ねながら、いつも「なぜだ？」という自問自答をつづけていく彼方に、その地平は開けてくるのだろう。

◆

マーク・マゾワー著、井上廣美訳『バルカン「ヨーロッパの火薬庫」の歴史』（中公新書）
千田善『ユーゴ紛争　多民族・モザイク国家の悲劇』（講談社現代新書）
木村元彦『オシムの言葉』（集英社文庫）

最も信頼できる人①

もうかなり昔の話になるけれど、テレビ朝日の、久米宏さんが司会をしていた人気ニュース番組「ニュース・ステーション」に出たときのことだ。

全国あちらこちらの有名な桜を、満開のときにライト・アップして放映する「夜桜中継」の役をおおせつかった。桜の木の下で、何ごとか桜についての言葉を毛筆で色紙に書いて語る、というなかなか難しい役だ。

テレビの経験はすでにあったが、こういうのは初めて。第一回は山口県萩市の「萩城」遺跡の桜。満開の桜の下を、ゆっくり歩きながら語ったあと筆をとるという手順だが、歩きながら語るというのが、どうしたらいいのかわからなかった。

するとディレクターの斉藤直子さんが、ぼくと並んで歩いて「いいですか、私に話かけてください」と助言をくれた。

「ハッ」とした。つまりテレビだからといって不特定多数の視聴者にむかってしゃべるのではなく、ひとりの人に語りかけるのだというのである。

あちらこちらの桜の下でいろいろ語ってきた。一つあげるなら「桜は散るが始まり」というのがあった。巨大な満開の枝垂れ桜が、北アルプスから吹きつける風に散って花びらが舞ったとき、桜吹雪の中で思いついたのだ。桜は散ったら終わりなのではない。散った瞬間から、来春、素晴らしい花になる準備が始まっているのである。

「萩城址」でディレクターの助言を耳にしたとき、そうか、文章を書くのと同じじゃないか、と思った。文章も不特定多数の人にむかって書くのではない。「信頼できるひとりの人にむかって書くのだ」とぼくは信じてやってきた。

盛岡で支局長の松本さんに教えられたのか、あるいは作家、丸谷才一さんの言葉だったのか。もうぼくに染みついてしまっているので、どこでだれに教えられたのか判然とはしないのだけれど。

いつだって原稿を書いているときは「信頼する人」が、背後からのぞきこんでいるような気分で書き進むのである。「これでどうだろう?」という自問自答は、じつは背後にいつもいてくれる「信頼できる人」にむかって投げかけるのである。

ジャーナリスト生活をふり返ると、じつに大勢の「信頼できる人」に出会ってきたものだと思う。期待にそえたかどうかは、まことに怪しいけれど。

だれもが、それぞれの道の「達人」なのである。その人と会っているだけで、ぼくはいつだって何かを学んでいた。

銭湯の達人、文章や詩や読書の達人、映画や演劇や音楽の達人、絵画や彫刻の達人、書の達人、一期一会出会い創りの達人、酒の達人、そば打ちの達人、投網や料理の達人、シャンソンの達人、考古学の達人、すし達人、釣り達人、写真の達人、カラオケ達人、テレビ達人、突撃レポート達人、スポーツ達人、ペットの達人……巨匠ぞろいなのである。いないのは金儲けの達人のみ。

みんな大先輩や友人で、遊び仲間で、ぼくの「先生」だった。この素晴らしい出会いによって生きてきた。

ちなみに「銭湯の達人」というのは、たとえば京都・錦市場の「錦湯」や、わが埼玉県さいたま市の「若松湯」のように、いい湯をたてて悠々と英気を養わせてくれる銭湯の主人のこと。「最も信頼できる人」であり、そこには学ぶべき「哲学」があるのだ。

評論家、林達夫《はやしたつお》（一八九六〜一九八四）の評論集『共産主義的人間』（中公文庫）の解説に、作家、庄司薫《しょうじかおる》が「特に若い読者のために」と題して、こう書いていた。

価値の多元化相対化と同時進行する情報洪水のまっただ中で、ぼくたちは今その自己形成の前提となる情報の選択の段階ですでに混乱してしまおうとしている。ここで唯一の有効な方法とは、結局のところ最も素朴な、信頼できる「人間」を選ぶということ、ほんとうに信じられる知性を見つけ、そしてその「英知」と「方法」を学びとるということ、なのではあるまいか。

まったく同感！　ぼくの「達人」たちが、まさにそれだった。信頼できるいい銭湯には、学ぶべき英知も方法もあるのだ。

ジャーナリストとして生きる心得として、盛岡以来ぼくが大切にしてきた三項目のどれもが、この人たちと話していると、さまざまな形で脳裏を去来して励まされるのである。

①被害と加害の関係を明らかにするよう努力する②何ごとについても「なぜだろう？」と考え、しっかりと言葉にして自問自答する③町の人びとの話に耳を傾ける。

この三項目について、「ジャーナリストとして生きる心得」といったばかりだけれど、生意気にも、こうも思うのである。

この心得は、ジャーナリストに限らず、だれにとってもどこの世界でも、生きていくうえでとても大切なことではないだろうか。

たとえば②である。昼食時の食堂のショウケースの前で、同僚どうしが「どう、もう決めたの?」「ウーン、いま考えているところだよ」なんていう会話が交される。しかし、カレーにしようかチャーハンにしようか「考える」のは、考えているのではなくて、ただ「迷っている」だけなのだ。

世界文学の古典、シェークスピア(一五六四~一六一六)の傑作戯曲『ハムレット』にはこのようなセリフがある。

考える心というやつ、もともと考えているのは四分の一だけで、残りの四分の三は臆病に迷っているにすぎないのだ。

ならば、ほんとうの意味で「考える」とは、どういう「心」の働きをいうのだろうか?古今東西、さまざまな解釈があるけれど、それらを乱暴にひとまとめにしていうならば、何についても「なぜだろう?」と自問自答してみることではなかろうか。

先の「食堂問答」に戻れば、「なぜ? オレは迷っているのか? 昨日もカレーだったからではないのか」となれば、「迷い」の原因も浮かびあがってくるし、「じゃあ、今日はチャーハンにしよう」という「決断」も導き出されるはずである。

いささかジョークめいてきたが、「なぜだろうか？」と自分に問いかける心の働きこそが、「考え」を先に進めてゆくエネルギーになることは確かなのである。

「われ思う。ゆえにわれ在り」という有名な言葉がある（近世哲学の祖といわれるフランスの哲学者デカルト）。

ただ「思う」だけならネコだってイヌだって「思う」はずである。しかし「なぜだ？」と自問自答できるのは人間だけだ！　大哲学者は、そういいたかったに違いない。

◆

轡田隆史『「考える力」をつける本』（三笠書房）自分の拙著で恐縮です。

最も信頼できる人②

先に大勢の「達人」をあげたけれど、参考までにあえて何人かの名前をあげるなら、たとえば作家、丸谷才一さんや、詩人、大岡信さんである。念のためにいいそえるなら、お二人とも「文化勲章」受賞者だ。

しばしば酒席の端に加えてくださった。よく飲んだ。そんな席ではもっぱらジョークが多かったけれど、それを耳にしたうえで著書を読むと、味わいはひとしおなのである。

庄司薫さんがいうように、信頼できる人たちであり、知性と英知の人たちであること、いまさらくり返すまでもない。

丸谷さんに学んだ「文章作法」はいくつもあるが、中でも普遍的な至言はこれではないか。そのあらましを紹介しよう。

「人は好んで文章を書く才能をいいたがるけれど、個人の才能とは実のところ伝統を学ぶ、学び方の才能にほかならない」（『文章読本』中公文庫）

夕刊一面の「素粒子」という極小のコラムでぼくが「悪戦苦闘」していたとき、丸谷さんはしばしば励ましてくれた。

新聞にまったく欠けている「ユーモア」を何とか表現したい。政治を批判するにしても「ユーモア」で味つけしたい。そう志していたが、じつは「ユーモア」は難しい。新聞で、記事はもちろん「社説」にいたってはゼロ。じつは難しいから、だれも試みないのである。ぼくは挑戦したが、もちろんなかなかうまくいかない。

読者から、社内から大いに批判されていたころ、丸谷さんが朝日新聞朝刊の企画「丸谷才一vs朝日新聞」に登場した。各界の人びとに朝日を批評してもらうという企画だ。丸谷さんはそこでまず、朝日の「事大主義や、しかつめらしさが不思議」と厳しく批判したあと、「素粒子」の一項目を引用しながらこう語った。

国会がＰＫＯ法案で揺れた翌日の夕刊「素粒子」は「巷に牛丼ある如く、わが国会に牛歩ある。かくも心に滲み入るこの悲しみは何ならん」とやった。

思わず苦笑しながら、近ごろの憂うつを上手に払ってくれるのはこのコラムだと思いました。（一九九二年六月二十七日付け朝刊）

「ＰＫＯ法」とは「国連平和維持活動」に自衛隊を派遣するための法律。社会党など野党は、投票のとき超ユックリ歩く「牛歩」戦術の時間稼ぎで対抗した。

「巷に牛丼ある如く」はフランス十九世紀の大詩人ヴェルレーヌの「巷に雨の降る如くわが心にも……」のモジリだ。

その同じ企画で、読売新聞社長の渡辺恒雄《わたなべつねお》さんは、「朝日新聞が大嫌いだ。その中でもいちばん嫌いなのは『素粒子』というコラムだ。血圧が上がるので読まないようにしている」と語ってくださった。

偉大な大先輩の批判は、まさに心に滲み入った。厳しい批判もまた、大いなる励ましなのだと感じた。

大声でよく笑い語る大岡信さんは、名作『宴と孤心』（岩波文庫）を贈ってくださって励ましてくれた。芭蕉をはじめ「詩人」の作品は、仲間との談笑と批評、それと自分の心の奥底をじっと見詰める「孤心」の両方があって、初めて可能になるというのである。

そう教えられてみると、ロンドンや「ミュンヘン」でいっしょだった朝日の先輩、のちの「大コラムニスト」深代惇郎さんも、毎日新聞の大コラムニストにしてフランス文学者だった諏訪正人《すわまさと》さんも、「宴と孤心」の人だったと思いあたるのだ。

丸谷さん、諏訪さんといっしょに、浅利慶太さんの「劇団・四季」の芝居を観にゆく楽しさ。終演後に一杯やりながら花を咲せた演劇論や文学論……。

二〇一八年七月十三日に八十五歳で死去した浅利さんの「お別れ会」が、九月十八日、東京・帝国ホテルで開かれて、千三百人もの人びとが参列した。

ぼくもその末席に連なって、浅利さんが大先輩にあたる「新劇」の人びとに対して浴びせた痛快な「タンカ」を思い出していた。

貴方がたの舞台をみて僕らの感じるものは、自分と関係ないところに展開される現実を傍観する焦ただしさと空しさ、退屈と嫌悪感だけです。

昭和三十（一九五五）年、母校・慶応義塾大学の『三田文学』に発表した「演劇の回復のために——新劇を創った人々へ」の二十二歳の「挑戦状」だ。

この言葉を『週刊現代』のエッセイの連載で紹介したら、とても喜んで、コピーを稽古場に貼り出したそうだ。

苦難の中で闘う演劇人の言葉に、「ヘナチョコ・コラムニスト」はどんなにか励まされたことか！

学者ともなれば、たとえわからないことでも、わかったような顔でテキトウに答えるのが一般的な風潮だろうが、考古学者にして千葉県佐倉の国立歴史民俗博物館の館長だった佐原《さはら》眞《まこと》さんは、そうではなかった。

古代の壁画が発見された奈良・飛鳥高松塚古墳に連れていってくださったとき、たまたまいあわせた見学客に、壁画の色彩について質問された。すると考古学者は、「すみませんが、私は色彩についてては専門外なので、まったくわかりません」と明快に答えていた。

そのかわり専門のことになるとガラリと変わる。ぼくがとても初歩的なことを尋ねたら、いやはや、そのまま本になりそうな分量の答えが送られてきた。しかも手書きである！

酒はまったくダメなのに、ぼくたちに付き合ってくださって、「ドイツ歌曲」を原語で何曲もうたうのだった。


最後は、やはりロンドンでミュンヘンでいっしょだった深代惇郎さんで納めたい。いろいろ励まされたが、名筆をふるったコラム『天声人語』の中でも、特に珠玉のようなあの文章が、ぼくにとって永遠の励ましになる。

現代日本の文章世界で、最も不得意な分野はユーモア表現なのだが、日本の新聞史、という以上に日本の文章史に輝く傑作であると深く信じている。長くなるが紹介する。

大きな声ではいえないが、ふとしたことで盗聴テープが筆者の手に入った。驚いたことに、先日の閣議の様子がそっくり録音されているではないか。そのサワリをこっそりご紹介しよう▼テープを信用できるなら、この日の閣議の話題はやはり田中内閣の人気についてであった。内閣支持率は二〇％台を低迷し、神戸市長選も敗れた。「〝世界の田中〟になり、大減税、新幹線計画も打ち出したのに――」という嘆息が、まずきこえた。「やはりインフレが痛い」「評論でなく、案を出してほしい」。首相の声も心なしかさえない▼そのとき「ゴルフ庁はどうか」という声があった。「ゴルフ人口は一説に一千万人、低くみても六百万人。参院選前に放ってておくテはない」と、官房長官らしい。熱弁を振るっている。「『赤旗』もゴルフ記事を出しているね」という声は、官房長官らしい▼「尾崎将司の立候補打診をすべきだ」という人もいた。ゴルフ減税、総理大臣杯などの案が出た。「長官をだれにするかね」「やはりホールインワンの総理兼任でしょう」「いや、本場のイギリスでのスコアがお恥ずかしい」と、首相はめずらしく反省の様子だ▼「石原慎太郎君はどうだ」「彼は飛ばしすぎだ」。話はきまらずに、つぎにゴルフ庁の構成に移った。たちまち役所の陣取り競争だ。「バンカーがある」といっているのは建設相らしい。芝生を力説しているのは環境庁長官。農地転用を指摘するのは農相。娯楽遊興税について、蔵相が弁じている▼キャデーの労基法を労相が一席。官庁ゴルフを行政管理庁長官。レクリエーションの元締めだ、とがんばっているのは文相。結局「ゴルフ庁設置に関する審議会」を設けるところで、テープは終わっている。あのテープ、どこにしまったのか、その後いくら捜しても見つからない。（一九七三〈昭和四十八〉年十月三十一日）

大臣も行政も世相も、ジョーク仕立ての文章できわめて的確にユーモラスに批評されているではないか。しかもこのコラムについて、当時の二階堂官房長官から朝日に厳重抗議が来るという、政治家の文化的センスの貧しさを示す、滑稽なオマケまでついたのだった。冗談が通じないそのセンスはいま、当時よりもさらに低下しているに違いない。

ここでハッと気がつくのだ。渡辺さんは健在でうれしいが、ああ、ほとんどの人がもういない！　はるか彼方の世界に飛翔してしまった。

たとえ大正生まれの丸谷さんがいても、まさに「昭和」の人たちだった。「昭和」に生きながら、なんと世界に視野を広げていた人たちであることか！　深い思索の人たちであることか！　いつだって、「なぜ？」という問いをしっかりとした言葉にして、ご自身はもちろん、森羅万象にむかって問いつづけた人たちであることか！

拙い「回想録」ふうの文章をつづってきたいま、「過去は終わらず、絶え間なく再生産されている。過去とは、いまこの瞬間の現実なのである」と記しながら、限りない深い寂寥感にとらわれている。

これからあとの日本に、もうこのような人たちは出てこない、という哀しい想い。

同時に、「なぜ？」そうなのだろうか、と考えつづけているのである。

永遠に答えの出ない問いかも知れないにしても、問いつづけたい。

◆

丸谷才一『文章読本』（中公文庫）

大岡信『宴と孤心』（岩波文庫）

佐原眞『魏志倭人伝の考古学』（岩波現代文庫。同志である春成秀爾さんの編集による佐原さん最後の入魂の書）

浅利慶太『浅利慶太の四季』（全四巻、慶応義塾大学出版会）

関連「私的」年表

1936（昭和11）2・26事件／阿部定事件／ベルリン五輪（著者生まれる）
41（同 16）1月陸相・東条英機「戦陣訓」示達／12月真珠湾攻撃
42（同 17）4月東京など初空襲／6月ミッドウェー海戦
45（同 20）3月東京大空襲・死者10万人／4月ルーズベルト大統領歿／5月ドイツ降伏／8月広島・長崎に原爆／8・15玉音放送
46（同 21）5月東京裁判開廷（著者傍聴）／11月憲法公布
48（同 23）5月第1次中東戦争／12月東条元首相ら7人死刑
50（同 25）6月朝鮮戦争始まる
51（同 26）このころイランで石油国有化（モサデグ首相）
59（同 34）4月皇太子結婚（著者朝日新聞入社・盛岡支局へ）
64（同 39）東京五輪（著者南極海へ）
70（同 45）9月ヨルダンでパレスチナ人虐殺（「黒い九月」結成へ）
71（同 46）天皇・皇后ヨーロッパ訪問（著者同行）
72（同 47）国連人間環境会議／5月イスラエル・テルアビブ空港で日本赤軍乱射事件／8月ミュンヘン五輪・パレスチナ・ゲリラ襲撃事件／12月（著者ベトナムへ）

関連「私的」年表

73（同48）1月ベトナム和平／7月日航機ハイジャック／10月第4次中東戦争
75（同50）4月サイゴン陥落
76（同51）7月南北ベトナム統一
78（同53）1月イラン・イスラム革命始まる
79（同54）2月ホメイニ師のもとイラン革命成立／テヘランの米大使館占拠／ソ連軍アフガニスタン侵攻／朝日中東取材班サウジ、イランなどへ
80（同55）4月米大使館人質救出失敗／イラン・イラク戦争始まる
81（同56）8月ベトナム枯れ葉作戦取材／10月サダト・エジプト大統領暗殺
82（同57）レバノン・ベイルートのパレスチナ人難民キャンプ虐殺事件
88（同63）11月楼蘭探検隊（隊長は著者）
89（同64）1月昭和天皇歿／（平成元）11月ベルリンの壁崩壊
90（平成2）10月東西ドイツ統一（著者ベルリンへ）
91（同3）1月湾岸戦争／12月ソ連消滅
2001（同13）9月ニューヨーク同時多発テロ／10月アフガニスタン空爆
03（同15）3月米・英軍イラク攻撃
11（同23）3月東日本大震災

おわりに

二〇一八年十月二十日、美智子皇后は八十四歳の誕生日に、天皇退位まで半年余りとなった心境を文書で発表された。昭和三十四年四月のご成婚のときに新聞記者になった「酔眼耄碌翁」としては、深い感慨とともに拝読して心揺さぶられた。

「読みだすとつい夢中になるため、これまでできるだけ遠ざけていた探偵小説も、もう安心して手許に置けます。ジーヴスも二、三冊待機しています」と、英国の小説の主人公の名前をあげるなど、いかにも大読書家らしいくだりもあって、うれしくなった。

優しく知的な皇后、憲法を誠心誠意、身をもって生きておられる天皇。そのお二人と過ごしてきた昭和・平成の日本と世界のあれこれについて愚考してみたのが本書である。

トルストイに心酔した作家、徳富蘆花（一八六八〜一九二七）の随筆の名前『みみずのたはごと』に教えられ、ミミズをまねて「たわごと」を述べてみた。

過去は現在であり明日であり、人間は懲りずに愚をくり返している。そんなことを、貧しい経験を通して考えてみたつもりだが、いかがだったでしょうか？

詩人には申し訳ない引用をした萩原朔太郎の「青猫」の第二節をここに紹介しておく。

「ああ　このおほきな都会の夜にねむれるものは／ただ一疋の青い猫のかげだ／かなしい人

類の歴史を語る猫のかげだ／われの求めてやまざる幸福の青い影だ（後略）」

巻頭の句やこの詩はもちろん、多くの引用を、作者にことわりもせずに、しかもぼくに都合のいいような「断章取義」でくり返したことについて、お詫びとお礼を申しあげます。

出会った人びとも森羅万象も、すべてこれ「師」である。恐縮ながら、読んで、批判していただいて本書は初めて完成する。

「酔眼耄碌翁」の私的な「たわごと」ではあるけれど、時代に対する深い危機感に発する作業であったことは、センエツながら断言しておきたい。

本書は、朝日新聞にいたからこそできたものといえます。中江利忠・元社長をはじめ諸先輩方に感謝します。テレビ朝日のみなさんにも感謝！

ヨレヨレの文章・構成だったものが、木田恒さんの知的、情熱的な指導、編集によって体をなした共同作業だった。感銘を受け、勉強になりました。八十二歳の手習いは楽しかった。

読書離れの進む世相の中で、このようなものを出版してくださった出版芸術社と松岡佑子社長に敬意を表します。みなさん、まことにありがとうございます。

二〇一八年秋

轡田　隆史

著者　轡田隆史（くつわだたかふみ）
◆昭和11年（1936）年、東京に生まれ、埼玉で育つ。埼玉県立浦和高等学校、早稲田大学卒。同34年4月朝日新聞社入社。盛岡、甲府支局員、宇都宮支局長、東京本社社会部次長、編集委員、役員待遇論説委員（コラム担当）などを経て、平成11年3月に退社（この間、南極、欧米、中国、中東など世界各地に特派）。その後、テレビ朝日「ビッグ・ニュース・ショウ・いま世界は」「ニュース・ステーション」コメンテーター、NHK・FM放送「日曜喫茶室」、日本大学法学部非常勤講師などを歴任。現在はジャーナリスト、文筆家。
◆日本記者クラブ、日本ペンクラブ、日本エッセイスト・クラブ、日本山岳会の会員のほか、ポーラ伝統文化振興財団評議員、早稲田大学WMWサッカー・クラブの顧問でもある。
◆著書には、『「考える力」をつける本』（三笠書房）、『旅のヒント』（新書館）、『心に効く　いい人生をつくる11の話』（PHP研究所）、『小論文に強くなる』（岩波ジュニア新書）など多数がある。

酔眼耄碌翁のたわごと

2018年12月8日　第1刷発行

著　者　轡田隆史

発行者　松岡佑子
編集・制作　木田　恒
発行所　株式会社出版芸術社
〒102-0073
東京都千代田区九段北1-15-15　瑞鳥ビル5階
電話03-3263-0017
表紙絵・イラスト　信濃八太郎
装　丁　斉藤よしのぶ
印刷・製本　中央精版印刷株式会社

Printed in Japan　ISBN 978-4-88293-513-1　C0036